读客

读客悬疑文库

认准读客读悬疑，本本都是大师级。

Pierre Lemaitre

必须救出罗茜

[法] 皮耶尔·勒迈特 著 万冰玲 译

ROSY & JOHN

文匯出版社

图书在版编目（CIP）数据

必须救出罗茜 / (法) 皮耶尔・勒迈特著 ; 万冰玲译. — 上海 : 文汇出版社, 2021.8

ISBN 978-7-5496-3598-6

Ⅰ. ①必… Ⅱ. ①皮… ②万… Ⅲ. ①推理小说一法国一现代 Ⅳ. ①I565.45

中国版本图书馆CIP数据核字(2021)第121866号

必须救出罗茜

作　　者 / ［法］皮耶尔・勒迈特
译　　者 / 万冰玲

责任编辑 / 张　涛
特邀编辑 / 叶　子　　王　品　　孙宁霞
封面装帧 / 陈艳丽

出版发行 / 文匯出版社
上海市威海路 755 号
（邮政编码 200041）
经　　销 / 全国新华书店
印刷装订 / 三河市龙大印装有限公司
版　　次 / 2021 年 8 月第 1 版
印　　次 / 2021 年 8 月第 1 次印刷
开　　本 / 890mm × 1270mm　1/32
字　　数 / 90 千字
印　　张 / 6

ISBN 978-7-5496-3598-6
定　　价 / 39.00 元

献给帕斯卡利娜

献给我的朋友多米尼克

和让–保罗·沃尔米

有时候（的确，这种时候很罕见），久居一地会使时日停滞，赢得时间的最好办法便是换换地方。

——马赛尔·普鲁斯特，《在少女花影下》

目录

前　言

我总是把这部很短的小说看作一份礼物。

首先是因为这本书是我应邀写的：被编辑邀稿总是荣幸的（就像瓦莱所说，人无法因谦逊而成为小说家）。

其次是因为这也算是法国版口袋书系列六十周年给读者们的献礼。

最后是因为这使我重新想起了卡米尔·范霍文[1]这个人物，我

1 作者于2006—2012年创作了一系列以“卡米尔·范霍文”警长为主角的犯罪小说，包括《伊琳娜》《必须找到阿历克斯》《必须牺牲卡米尔》这三部。——译注（本书中注释，如无特殊说明，均为译注。）

对他颇有感情，但我以为他已经消失了。

这本小说的灵感来自一天晚上，我看到人行道上的一个大坑。这个坑是白天工人们用来修理天然气管道的。四个红白相间的警戒锥形成一道警戒线，围着这个相当深的坑洞，防止行人不小心掉下去。正如靠犯罪案件吃饭的侦探小说作家们总是想着犯罪情节，我一看到这个洞就立马想到了这个故事的构架。我只需要再有一个出乎意料、贯穿全文的好想法。

当时我在写一本很不一样的书，也就是后来的《天上再见》，这期间我完全沉浸于一战时期的事情，所以搁置了侦探小说。我之前整天都想的是各种死者和伤员，还翻阅了很多比较个人的犯罪案件和世界大战，变换着故事的规模视角。在故事的第一章里，我的主人公掉进了坑里，让我想到这个人行道上的坑。这两本小说在互相呼应。我在翻阅一个世纪前资料的时候，看到“五个月间，成千上万的炮火如雨倾下，落在一片片农田之上”时，我突然对这本侦探小说缺少的部分有了想法：

有了构架（人行道上的坑），想法（法国东部的农田），我就只缺一个人物了。我想到了卡米尔·范霍文。就如同所有已经写过的人物角色一样，这使我首先想到一个颇为尴尬的问题：这个新故事在我已经完成的小说三部曲中应该占据什么样的位置呢?

大家都知道我喜欢大仲马。他使我有勇气产生一个新的想法。尽管这个想法并不完全令人信服，但这使我有机会在我的读者面前向大仲马致敬一次：就如同《三个火枪手》其实讲了四个火枪手一样，我的三部曲有四部，但《必须救出罗茜》是一部很短的小说，只能算半部。所以我的三部曲可以说是有三部半。

这就是小说家的一大优点，他们总是能找办法与现实达成和解。

皮耶尔·勒迈特

Premier jour

第一天

17:00

地面上未被注意的薄冰、下意识说出的回答，如此种种不经意的小事，常常就改变了命运，一些无法挽回的结果，往往突然就发生了。

比如这个8岁的小男孩。他但凡多挪一步，一切就会完全不同。塔罗师曾告诉男孩的母亲，今年她会成为寡妇。母亲同男孩讲这段时捶胸顿足，声泪俱下：“我总得找人倾诉一下，你明白吗？”而男孩从未想过看起来坚不可摧的父亲有一天会死去。他现在成天生活在这种恐惧中。这世上就有这种母亲：她30岁出头，却仍像初中生一般幼稚（冒冒失失，有些健忘，变化无常得令人绝望），老早就把塔罗师的话抛诸脑后了。而显然，这句话对小男孩则产生了完全不同的影响。他并未将塔罗师的话告诉别人，只是用自己的想象力默默消化这件事，并会接连不断地做噩梦。有时，父亲要死这件事会令他好几天惶惶不安；有时，这个想法会神奇地一连消失好几个星期，但当它重新回来时，则强大了百倍，几乎使男孩晕倒。

等这魔鬼又钻进他脑袋时，他开始进行各种各样的驱邪仪式，并开始相信，如果他父亲死了，这将是他的错。

他告诉自己，如果今天没有踩到地砖缝，爸爸就不会死。嗯，经过面包店之后踩到的才算。

一路上，男孩几乎不敢呼吸，从家到音乐学校的路那么长。他心里仿佛有个声音在告诉他，他不会成功的，但是他也找不到任何理由或借口放弃。穿过一条街、两条街，大马路就在眼前，但随之而来的是越来越多的焦虑感。似乎越接近终点，就越接近灾难。他一边走着，一边死死盯着人行道，他的单簧管盒在他怀里摇摇晃晃。男孩开始出汗。距离音乐学校还有200米。他继续朝前走着，说不清为什么，或许是出于某种预感吧，他突然抬起了头，看到他父亲在马路对面。这条街边有个脚手架，迫使行人不得不从一个木头搭的天桥绕行。桥身很窄。父亲探着身子，一个大步踩了上去。这一脚踏出去，看起来非常坚决。男孩有些惊讶，他很少看到父亲来得这么早。

接下来，男孩看到的东西将像慢放的录影带一样刻在他的脑子里。

显然，他不该走神的，等他回神过来时，他愣住了：他低头看到自己的脚踩在了地砖缝上……

所以他父亲将会死去，这是天意。

意料之中的事件总是以意料之外的速度发生。

比如小男孩身后几米之外的这个女生，一名经济系的学生，长得不算好看，从未经历过男女之事。若被问起原因，她只是说“就是没遇到合适的机会”，当然事实比这更复杂，但这不重要。重要的是，现在是5月，女生满23岁，在约瑟夫·梅兰街拐角，一个男人说想要她。这男人约她出来，就是为了告诉她：他想要她。她答应与否，接下来的剧情都将走向不同的方向。

我指的当然不只是她失去自己的第一次——毕竟这对周围环境几乎没什么影响，况且她会拒绝。然后男人会说，他理解的（你懂的）。她的目光跟随着他离开的背影，她开始后悔，想叫住他……

太晚了。

巨大的爆炸像地震一样震动了整个街区，连百米之外都能感受到。

一秒钟内，小男孩看见自己父亲的身体像被一只大手无情击中了胸口，飞了起来。女生还没来得及叫出口，她那个未来男朋友的身体已飞到空中，脑袋则已经穿过“维多利亚的秘密”的橱窗。

约瑟夫·梅兰街上服装店、鞋店、餐厅、干洗店、药店等应有尽有。这是一条很繁华的商业街，甚至是这片区最繁华的，如果要找更繁华的，就还得走到帕德勒大街的十字路口去。现在是5月20日下午5点，夏日般的柔和暖阳已经持续了好几天，有些令人误以为现在是7月，甚至想在露天咖啡店上喝杯小酒。街上人满为患，这是一场灾难，显然也是一种不公。

而这世界何时有过公正呢？

被冲翻到地面的人们，用双臂护住自己。一个穿印花裙子的女人，她的头被狠狠撞在过道的木头栏杆上，裙子也被掀翻。马路另一头，一个正从电动车上下来的男人，被一个不知从哪里飞出来的横梁截成了两半。他头上仍戴着头盔，但这也无法救他的命。

随爆炸声而来的，是震耳欲聋的金属噪声。巨大的脚手架微微弹跳起来，像是沉思了一会儿，才在爆炸巨声之后轰然倒塌。马路对面，穿着白色高跟长靴的年轻女人，抬头看见一些管子像烟花一样在天空中分散开来，然后又在她面前以缓慢而又势不可挡的速度坠落。

爆炸摧毁了橱窗、车辆，还有人们脑子里的所有想法。在这漫长的分秒之中，人们的脑子像被吹熄的蜡烛一样，无法进行任何思考。即使是平时的杂声也被抹平，在这片灾难之地上只剩下一片恐慌的、颤抖的宁静，仿佛整个城市的人都被杀光了一样。

过了好一会儿，人们才反应过来。街道上，没被炸飞的窗户谨慎地微开，露出几张充满疑虑的面孔。

地面上，幸存者们站了起来，不解地看着城市的这片新风貌。

一个被战争摧残的城市。

商店橱窗全都不见了，脚手架后面的两面墙也轰塌了，地上缓缓飘落着的墙灰，仿佛脏兮兮的雪。最壮观的当然还要数那一垛占领了马路的金属条和胶合板，毕竟这个脚手架曾经有四层之高。脚手架垂直散落，盖在两辆停在路边的车上。绑在横梁上的管子像朋克发型一样，朝天空竖起。

在那些碎石、玻璃碴儿和沥青块之下，有多少尸体呢？这很难说。

我们能看到的是横陈的几具尸体，四处都是土、沙、石膏灰，以及一些惊人的景象，比如一件挂有蓝色装饰上衣的衣架，正挂在“禁止通行”的标志上。被摧毁的房子瓦砾上，时不时可以看到摇篮、玩偶、结婚时戴的小皇冠，就像我们会在地震后看到的那种场景。这些小物件仿佛是上帝精心放置在这里的，用嘲讽的方式展示着它的力量。

男孩亲眼看着父亲的身体完成了一个奇怪的曲线。木桥上的爆炸将他掀到一辆小卡车的车头。他坐在那儿，一动不动，仿佛正准备和儿子玩一会儿多米诺骨牌。只是他的眼神空洞，脸上流着血，他左右摇动着脑袋，像是在放松颈椎。

男孩也被爆炸震飞，但一道双开门拦住了他的抛物线。他现在倒在这道双开门前，一侧脸颊着地，两只眼睛瞪得老大。他始终握着单簧管盒，但盒子已被打开，里面的单簧管已经不见了，再也找不着了。

汽笛声如轰雷响彻天际。

人们不再困惑，取而代之的是抢救、骚动、怜悯，还能动的人立刻跑向横躺的尸体。

有些人艰难地站了起来，然后又筋疲力尽地跪摔下去。

在一片震惊的沉默之后，是一阵越来越大的喧闹声，混合着哭喊、警笛和号令。

渐渐，哭喊声被汽车喇叭的合奏声淹没了。

17:01

约瑟夫·梅兰街和莫里厄将军街会合处，一个男人坐在拐角，观察着这一切。尽管他看上去已经有30多岁，却仍像个少年。他身上有某种年轻的、也许不成熟的东西，与他敦实的农民外表截然不同。他不算灵巧，但也远非笨手笨脚。事实上，他独自制造了炸弹，并设置了下午5点的爆炸时间，但一切都仅仅是计划而已。毕竟没人知道，炸弹是否真的会准点爆炸。

或者能否爆炸。

他非常紧张，因为这是他的第一颗炸弹。他花了好几个星期才弄好，却并没有详细评估它的杀伤力。他试图预测，但效果不佳。如果是专业人士，肯定能判断得更准确，而他只是一个业余选手，大部分时候只能靠直觉。他也做过许多计算，但你知道，理论和实际完全不同。他尽力了，用尽了一切办法。至于之后的事，就如同罗西所说：“生活并不全靠努力，也靠运气。”

不论如何，一切都来不及了。

他无所事事地不断绕路，但由于他太紧张，下午4点40分左右就到了。这种情况下，无事可做的20分钟实在太漫长。咖啡店外的露天座位已经坐了不少人，他之前很早就看上的位子上自然也有人了。那是一对小情侣。他没能掩饰他的不悦，小情侣中的女人皱了皱眉，而男人则抬头来细细打量他。他找了个位子坐了下来，复又起身，换了把椅子……他大概看了十几次手表。为了确定自己的位置，他只能如此。

4点55分左右，他将手机立在桌上，对着目标大楼。他躬下身来确认取景，调整了一下位置。时间和地点显示在屏幕下方。今天到处都无事发生，但到处还是有人不停拍照。所以，即便是这样一场完全出乎意料，几乎不可能发生在像巴黎这样地方的爆炸，也被摄影镜头记录了下来。尤其当负责摄影记录的人就是爆炸的制造者时，事情就格外简单，如同让宙斯来拍福岛核电站的事故一样。

爆炸发生在五十几米开外。他本来是等待着，甚至期待着爆炸伤及他。他的嘴微张着，脸上还透露出欣赏和渴望的表情。

突然的爆炸声使咖啡店里的人都惊了，地板摇晃着，仿佛在这些人脚底下运行的不是地铁，而是高铁。桌子痉挛似的抽动着，杯子则彼此碰撞，倒得七零八落。许多秒后，人们惊恐的双眼才转向发出声音的方向——此刻，脚手架正轰然倒塌。

这个年轻男人没有付钱就离开了，但无人发现。他迈着大跨步走远了，直奔地铁站的方向。

我们可以叫他让。他本来叫约翰[1]，但是说来话长，从小大家就叫他让。这个故事我们之后再说，现在就叫他让好了。

炸弹顺利地爆炸了。他对此非常满意，但很担心炸弹爆炸后的伤亡人数，应该不少。

伤得不重的人开始帮助那些倒在地上的人。让则冲进了地铁。

他没有救任何人，毕竟是他放的炸弹。

---

1 让（Jean）是法语人名，其英文名变体是约翰（John）。

17:10

卡米尔·范霍文，一米四五，脾气暴躁。一米四五，对于一个男人不算什么，但就集聚愤怒而言，威力十足。尤其在警察身上，憋着不发火，才不是美德。只有对记者来说，是天降的好事（在媒体上，愤怒的评论常常会大获成功）。总而言之，对他的上级、事发见证人、同僚、法官——几乎所有人，他的暴脾气都是个问题。

卡米尔有时会大叫或者失控，但他会尽量克制。他的观察细致入微，行为却很粗暴。因为他身材矮小，开车的时候但凡动错手指，都可能把车开出界，所以他几乎全身心都在转向盘上。

今天（他每天都有个理由生气），他的气愤来自上厕所的时候，他在镜子中看到了自己。长期以来，他都不喜欢自己，但在此之前，他都能战胜心中那种“自己并不能像别人一样长高”的想法。自从妻子伊琳娜过世后，他对自己的憎恨有时会疯狂地滋长。

他已经6个月没给自己放过假。他上一个案子办砸了：他被委托寻找的女孩被找到的时候已经死了。这使他颇受打击（其实也不算真的失败，他毕竟捉到了凶手。但是卡米尔就是这样，总爱盯着事情的消极面）。此后，他休息了几日。他本想邀请安娜和他一起去乡下，借此让她看看他的住所。但想想还是作罢，他们认识的日子尚短，还不够了解彼此，所以他更愿意一个人待着。

他这三天都在画画。他在做警察方面天赋斐然，但艺术方面并非如此，所以他成了警察。何况他也不曾想做个画家。

不论是在家中还是车上，卡米尔都从不听音乐，听歌使他分心。若照他言简意赅的语言风格，他会说“我不喜欢音乐”。事实上也正是如此，如果他喜欢音乐，他就会在上面花钱，用时间去听。但他从不这样做。对此，他周围人的反应通常是这样的：什么？怎么会有人不爱音乐？这简直难以想象。人们通常难以置信，反复确认后，仍感到震惊。不爱绘画或者阅读，还说得过去，但那是音乐啊！卡米尔重复说时，人们的反应还会更夸张，这反使得他更不爱音乐了。他就是这样，有时令人头大。有一次，伊琳娜曾对他说：“只可惜那些有厌女症的人不认识你，否则你准能让他们相形见绌。”

由于不喜欢听音乐，卡米尔会选择听实时广播。

他一打开收音机，播放的第一条时讯就是：“……巴黎18区发生了一场大规模爆炸。具体原因尚不清楚，但已造成大面积伤亡。”

如果不是住在那里，或者死亡人数不是特别惨烈，人们很可能会忽略这类新闻。

卡米尔继续开着车，听着新闻：“救护人员已经赶到，目前死伤人数未知。据目击人士说……”

而卡米尔唯一担心的是，去巴黎的路上可能会堵车。

17:20

毕竟是现代化国家。

伤员们还没回过神来，救生员们就已到位了。来了四个部队的人。救护车和急救医护人员火速赶到。在警察围起来的区域边缘，救护人员从车上搬出担架、太空毯、输液工具，还有装满医药品的纸箱、消毒剂、绷带等。工作人员冷静、迅速、准确地到达他们紧急逃生方案指派的位置。急救人员已经开始工作。民事安全机构组织调度着通信网络，方便急救帐篷在爆炸的扬尘中迅速搭起来。

从这点看来，我们的税没有白缴。

对了，到场的还有专业记者们。这些新闻人员和救护人员几乎是同一时间抵达县城。记者们抽出话筒线，准备献上第一手直播现场。扮演着战时记者的新闻人员们挑选着镜头位置，好在连线镜头中凸显背景里的废墟。

精英掌权，这就是现代民主。

18:30

内政部。危机会议。

“总统怎么说？”幕僚长问。

内政部部长不回答，总统说了什么与任何人无关。更何况总统也和其他人一样，在等待更多的消息。

部长上前，但并不坐下，言下之意，他不会久留。他点头应允对内安全总局局长发言。局长回应了自爆炸新闻以来，大家都会想的一种可能：不，这次爆炸和伊斯兰教徒无关。也许事情之后还会有变化，但是目前情况还相对平静。几个月以来，我方和伊斯兰组织的机密会谈都在往积极的方向发展：政府已经准备秘密用一大笔钱来赎回两个人质，所以那些伊斯兰教徒没有理由做些事来断了这条财路。况且爆炸的选址和技术都不符合他们的风格，线人和卧底那里也完全没有任何线索。

宗教恐怖主义这个选项排除。

剩下的就是政治选项了。这就更为复杂了。几个月以来，情报中心并没有观察到任何异常状况，但这社会中存在着这样那样的小团体……每天都有团体解散，又有新团体诞生。各种社会运动层出不穷，相当不稳定，也不排除这是个人行为的可能。

“所有人都行动起来。”

“死亡人数的初评估将在一小时内有结果。最多两小时。”

部长点点头，告诉宣传工作人员：“媒体方面，我们就只说在调查中。”

他冷静地对所有人说道：“没有我的命令，任何人不得轻举妄动。”

警告准确无误：行政机构内不得有不当的骚动或可疑的混乱。

要向媒体展示的信息是：行政机构很镇定。

一切指示都已非常清晰。

汽车已经在楼下等候，将把部长送到事发地点，展示他的同情心，宽慰大家，说些“所有相关人员都在努力中”诸如此类的话。

处理灾难也是政府工作的一部分。

17:55

杜贝鲁公园附近的保姆们拉着椅子彼此靠近，开始闲扯；几个母亲在儿童游乐区旁边看着在里面玩的自家孩子。平时，让喜欢坐在公园中间的长椅上。某种程度上来说，那算是他的椅子。

保安马塞尔，管着他那片区的安全，严厉又热情，经常及时吹哨警告，但24年职业生涯中从未真正开过一张罚单。认出让这位常客之后，他经过时点头示意了一下。他有点像个酒保，职业的稳定程度全仰赖客人的忠诚程度。

像往常一样，让坐下来，背挺得很直，两个膝盖夹紧，双手放在大腿间。马塞尔经过时，他只微微张了张嘴，这是他打招呼的方式。从没见过他看报纸或者手机。他总是看着公园陷入沉思。这天下午，他仍像往常那样坐着，只是因紧张而眨眼更频繁了一些，他的心还在猛跳，但若从表面上看，是无法想象就是这个男人刚刚在隔壁引爆了炸弹的。直到现在，还能隐约听到救护车和消防员接连不断赶往约瑟夫·梅兰街方向的声音。

等保安走远，让快速左盯右瞧之后，站了起来，绕到椅子背后，隐没在灌木丛中。他一跪下来，就用他制作的工具撬开并抬起了一块铁挡板。挡板会嘎吱作响，得小心拿好。但最难的还是人钻下去之后不发出声响地盖好挡板。而几天前，让还把炸弹和所有材料都拿来了，那是怎样惊心动魄！

让蹲着进到一个小小的混凝土空间。这是一个电信机房，有很多电子设备、管道、电线、光纤，许多捆电缆通向整个街区。大部分这样的机房都在马路下面，入口被一块生铁板子封住。和其他大城市一样，在巴黎，这样的机房有好几百个。让是偶然找到这个的，当时，他是为了帮一个沮丧的小孩捡球才钻进了这片矮木丛。

他花了一分钟从兴奋中平复下来，然后从夹克衫的口袋里掏出电筒，来确认走道里没人且没有人来过的痕迹。

灯光照亮十几米的走道，天花板太矮，他必须微弯着腰前进。直到穿过走道，来到一个房间，让才得以伸直腰杆。墙上有一些计数器和小匣子，还有两个电子柜，柜门口上贴着红白色的招贴，上面警告着：**靠近当心电击**。按照让的性子，这样的警示只会让他发笑。

他在地上折好自己的夹克衫，盘腿坐下来，将房间里的小背包里的工具一件件拿出来。这是他一次次带进来的。但这次他会全部带走，因为他不会再回来了。他关掉手电筒，打开用来做细活儿的额头灯，然后开始工作。

此刻，他就在杜贝鲁公园正中心。

在他的头顶往右几米，有一个仅限6岁以下儿童玩耍的游乐区，里面有滑梯、秋千、摇摇乐，还有那种可以从各个方向爬上去的一个个堆叠着的方块。

小孩们最喜欢了。

18:03

卡米尔回到家，一打开门，他便开始向湿嘟嘟道歉，说自己不该留她独自在家三天。湿嘟嘟是一只小虎斑猫，性格乖张，像她的主人一样。他把窗户大开着。当湿嘟嘟坐在桌子一角扮高冷时（这是个疯子），卡米尔扔掉外套，重新装满猫粮，并且出于歉意，还特意倒了一小碗冰牛奶放在地上。

“湿嘟嘟？”

湿嘟嘟故意看向窗户。

“好，反正我放这儿了。你自己看着办吧。”

卡米尔惬意地坐了下来，给自己倒上一杯威士忌。

他对这个特殊假期并不满意。因为他想一个人待着。答录机上有一条安娜的留言，声音温柔：“如果你到家不是太晚的话，一起吃个晚饭吧？”很奇怪，卡米尔当时不想和她一起去自己在蒙福尔的家，但她不在时，却不停地画她。他一边小口嘬着威士忌，一边浏览着自己画的速写。他总是凭记忆在画。所有在日常生活中令他震撼的东西（面庞、侧影、表情，或是一些东西的细节）都会或早或晚出现在他的速写本上。

他一边继续翻着画，一边拨通了安娜的电话。

“这得看吃什么了。”他立刻说。

“你在说什么胡话……”

电话两头的人都笑了。

然后是一阵长长的沉默，两人都心情激动，仿佛这中间说了很多很多话。

“一个小时后见，怎么样？”

18:05

爆炸发生一个小时后，所有约瑟夫·梅兰街上的伤员都已经被急救人员送走。

目前来看，伤亡人数看上去有些不可思议：28人受伤，无人死亡。“至少目前没有”，悲观者们会这样说，但没有人情况危急。手脚受伤、脱臼、挫伤、血肿、烧伤，这些都需要经过手术和几周的恢复期，但真正的伤害是在精神上而不是肉体上。小男孩只有手臂受伤，到了学校，他将被当成英雄，他还得把自己的石膏板展示给班上的同学。那个年轻的处女趴着。她的追求者已经被紧急送去处理脱臼，他得向他的妻子解释为什么他被救的时候是在一个他平日里没理由会去的街区，并且四仰八叉地躺在一个女士内衣店里。

当然，我们可能在废墟下找到死者（比如，在一堆脚手架下面）。但这周围已经被专家和搜救犬搜过。结论是没有人在下面。

真是个奇迹。

记者们在表达上面这句话的时候又加上了很多修饰语。他们是专业人士，给他们一些毫无内容的信息，他们就能搞成大新闻。这次的情况，被他们称为“奇迹救援”。这次如果有死者就更好办了，好操作，报道效果也有保证。至于活着的人，就需要费点气力，但是这也得看报道经验。而专业人士之所以成为专业人士就是因为他们的经验。这里也不缺繁忙的警察。有30来个正在待命，有些是来自反恐特种部队的。经过医生允许后，有些警察在把病人送走之前对他们进行了询问，但是大多数警察都只是穿行在街区寻找外面的目击者，比如窗户正对事发地点的住户、商人、没有被爆炸危及的行人。

警察和办公室的人们也密切联系。后者查找着周围的商店、房屋的房东和租客的信息，翻阅资料库，调看监控录像（尽管由于监控角度的问题，他们肯定什么都没看到）；一旦确认一个目击证人或路人的身份，警察们就会梳理所有相关文件。爆炸发生一个小时之后，收集的信息就到几万兆字节了。

截至目前，唯一真正可信的证词来自克莱芒丝·克丽泽卡什基。

她的姓氏如此难写，以至于所有人都非常注意不去写错。在她22年的生命中，仅有两个人写错了一处。克莱芒丝其貌不扬，是丢在人堆里至亲也认不出的类型。她就是露台上离让只有几米的那个女人。爆炸的时候，她男朋友后仰了下去，头骨摔裂，现在已经在医院了。

“他名叫朱利安……”她小声道。

“姓什么？”警察一边问，一边准备做笔记。

她有些尴尬。她和那男人在那儿亲吻、爱抚，但她并不知道他姓什么。只是朋友的朋友罢了……她抿了抿嘴唇，很怕自己被当成浪荡的女人。但警察丝毫不在乎这一点，即便她13岁起就出去卖淫，警察也丝毫不在乎。警察只在乎她是否看到了那个放炸弹的人。

她身旁是三个警察，他们坐在红色塑料椅子上。此刻四人在一间餐厅的后厨，这间餐厅的玻璃已经因爆炸而粉碎。

“长得挺高的。”克莱芒丝回忆道，“一米八以上吧。他看起来有点傻头傻脑的，你懂我意思吗？有点笨拙。棕发，厚唇。

额头的刘海儿已经很长。右眼下有一块淡棕色的斑。穿一件剪裁特别的米色牛仔裤，皮带是哈雷·戴维森的。他……”

“等一下，等一下，”警察激动地打断了她，“你记得他的皮带扣？”

没等克莱芒丝作答，警察头头就朝第三个警察低声嘱咐了什么，后者就立刻出去了。

警察们一脸狐疑。克莱芒丝茫然地看着他们。警察头头示意她继续。她便继续讲，具体到男人的衣服、手机牌子、他身旁的包、他的鞋子，乃至他的姿态，尤其是他如何把手机立在桌子上拍大楼的，等等。一个年轻的警察进来，神色匆忙，放了一张纸在桌上，结巴着说了些没人听得清的话便出去了。三人静静看着克莱芒丝。

克莱芒丝也一个挨一个地定眼看这些警察，她不懂发生了什么。

警察头头问：“你能描述一下刚刚进来的警员吗？”

实在是一个颇为老旧的题目，但似乎也找不到别的方法。

“大概30岁吧。”克莱芒丝道。

她说话的语气就好像被问到一个所有人都知道答案的问题：“蓝色喇叭裤，蓝色图案的提花毛衣，有点像人字形条纹。脖子上还有一块金牌……”

三个警察微微笑了起来，法官会喜欢这个证人的。

几人又回到对疑犯的描述上来，并通过所有特征来画出罪犯画像。这次的画像逼真到连当事人的儿时玩伴都能认出来的程度。

事情很少能够发展得如此顺利。

18:08

与此同时，距离这里不到100米的地方，有两个男人准备给这件事增加一个棘手的因素。

其中一个男人叫巴赞，警察局中央实验室的负责人之一。50来岁，又高又壮，来自西南，童年是和橄榄球一起度过的，但是这没法成为他的职业。他有一双花边女工的手，不适合打球，但很适合扫雷，这也成了他的职业。

他在炸弹炸出的坑里停留了很久。

他在职业生涯中也算见识过不少情况，但眼前的坑还是让他迷惑了。

“我的天。”身旁一个声音说。

声音来自同事福雷斯捷。他是个学院派，曾在科索沃失去一根手指，自那以后他就变得有些不一样了。一般情况下，失去一根手指也不是大事，但当你以为自己永垂不朽时，这就变成了一次大失败。他也看着那个坑。因为那堆横七竖八的脚手架，我们只能看到坑的一部分。但是对这些家伙来说，只要给他们看一个40厘米的小坑，即便只是一个角，他们就能侧写犯罪现场。

而面前这个坑，完全展示出来的话，周长在3到4米，深度约1米。

福雷斯捷道："我的天！"

两人深吸了一口气。

他们晃着脑袋，露出了一点隐秘的微笑，但这并没有任何玩世不恭的意味，而是非常专业的态度。

但确实，就算放眼整个巴黎，都很久不见140毫米的炸弹了。

18:00

“我靠，一颗炮弹？”

“是的，部长。”民事安全专家答道，“应该是一战时留下的。”

“这玩意儿还能炸吗？”

“并不总是能炸，部长。有很多都废掉了，而约瑟夫·梅兰街的这个还行……”

部长转身用询问的眼神看向对内安全总局的工作人员。工作人员怪笑了一下以表尴尬。

“这可不是常见的犯罪行为。如果他只犯案一次，抓他犹如大海捞针。希望他尽快提出要求。比如要赎金。这样我们才能有新的线索。在此之前，我们得调查收藏枪支的人、对一战狂热的人、小型暴力团伙，最近被忽视的威胁恐吓信息。全力搜查到底。有什么搜什么。”

这个部长是个行动派。他最讨厌干等。

他起身，要去向总统报告情况。想到这里，他感到一丝欣慰。如果说部长的工作是每分钟一件糟心事，那么总统就是每分钟三件。

18:15

如果不是堵车，卡米尔本来能够准时抵达安娜家。他向来是守时的。但由于新闻中没有足够的提醒（内政部部长当时正在事发地点……），他经过约瑟夫·梅兰街附近时堵得要死。当他的车也动不了的时候，他意识到自己完了。空间上，他离目的地已经不远，但是时间上嘛……遇到这种情况，不少警察同事会在车顶放旋闪灯，然后猛冲进车流中。所有的车头灯都亮了起来。老实说，卡米尔并非从未想过要这么做，但很少，这次也不。他在GPS上搜索别的路，取下的眼镜直接掉地上了。就在他要杂技一般钻身去捡眼镜时，手机铃声自然而然选择在这一刻响起。

“你到哪儿了？”安娜问。

卡米尔踩了刹车，汽车骤停下来。卡米尔一边赶紧去捡眼镜，一边把手机夹在耳上，喘着气喃喃道：“不远了，不远了……”

安娜打趣道：“你是开车过来还是跑过来啊？”

突然，卡米尔面前的路通了。后面的车辆不停按着喇叭催促，卡米尔坐回位子，系上安全带，踩下油门，加到三挡，其间手机被夹在他的左肩上。车子开始颤动。

“我快到了，”他说，“五分钟。”

当然，当这次手机掉到他膝盖上时，手机又响了。

道路开始畅通起来，一条侧路被用于疏通车流。车外一个交警激动得如同受难者一样，一边吹着口哨，一边挥动着指挥棒。路况好了起来。卡米尔专心开着车，以防迷路。事实上，他比想象中还要接近安娜的家，只差几条街的距离而已。

来电显示是路易，卡米尔的副手。卡米尔一直很想知道路易为什么要来当警察。路易家里富得流油，即使一辈子不工作也能衣食无忧，而且人还学问渊博，堪称行走的百科全书，尽管如此，他还是选择了犯罪科。说到底，这人还是个浪漫种。

卡米尔接通了电话。

路易告诉了他关于约瑟夫·梅兰街的爆炸。

卡米尔道：“嗯，我听说了。”

他一边寻找着停车位，一边错过了安娜的家，于是又得重新绕回来。

“内阁现在乱成一片，警察局……”

“关我屁事。”卡米尔有些焦虑，因为眼前就有个停车位，但因为拿着手机，他减了速，开了双闪。

路易道：“我这儿有个男人说想跟你谈谈。”

“就这事儿？你自己接待他呗！”

“他只想跟你聊。他说是他放的炸弹。”

卡米尔停了下来。他身后的车开着车头灯催促着。

“听着，路易，像这种家伙……”

但路易打断了他：“爆炸发生大概一分钟前，他开始拍摄事发地。基本没什么可怀疑的了。就算不是他，他也绝对知情。”

这次卡米尔没有犹豫，他摇下车窗，在车顶放上旋闪灯，打开车头灯，加速。

他打给安娜：“是我。今晚的约会，可能得推迟了。”

19:45

这桩关于炸弹的案件令整个警察局沸腾了，犯罪科则有些焦虑。一个年轻男人自称是约瑟夫·梅兰街爆炸事件的制造者，这个消息已经不胫而走。

在一楼，卡米尔遇到了实验室的巴赞。他们曾经一起办过几起案子，所以认识，两人关系挺好。

巴赞一边和卡米尔一起朝电梯走去，一边道：“爆炸的确定是颗140毫米炸弹。”

“这东西挺大的。”

巴赞摊开双手比画了一条白斑狗鱼的大小。

“长50厘米，宽大概……14厘米左右？不是很大，只是有点重。”

卡米尔默默记下来。

“伤亡情况怎么样？”

“很多因素，”巴赞列举道，“比如那个脚手架、那个木制天桥、对面大楼前的障碍物、炸弹的埋藏深度等，这些都限制了爆炸的影响程度。如果没有这些障碍物，伤亡人数可能是巨大的。想象一下，如果他把这颗炸弹放在一座电影院下面，并且设置在晚上9点爆炸，可能得有20人死亡了。”

想了想，他又改了口。

“不，可能有30个。”

巴赞从另一边离开，卡米尔朝他的办公室走去，然后看到了那个年轻女孩坐在走廊，一副害怕的样子。身旁两个警察，专门盯着她。

“这是唯一的证人。”路易道，“克莱芒丝·克丽泽卡什基。我安排了一次列队认人。”

卡米尔进了办公室。

“来，路易，说说怎么回事儿。”

“那个男人叫约翰。”

路易掏出了他精美的笔记本、圆珠笔，用右手将刘海儿撩到后面去。

“他为什么偏偏想跟我聊呢？”卡米尔苦恼道，“就没别人了吗？”

“他说他在电视上看到过你。”

“这倒体现了他的智力水平……”

路易不置可否，继续道：

“他没有任何犯罪记录，但是我们找到了他母亲罗茜·加尼耶的犯罪记录。她因为杀人罪已经被关押8个月了。”

“这体现了他的家庭背景。”

卡米尔接过路易给的纸。上面洋洋洒洒写了30行的总结。卡米尔总是记不清路易到底是被法国国家行政学院还是被巴黎高等师范学院录取的。但不论是哪所，他都没去，而是选择了成为警察。这30行总结都是关于其母罗茜的档案，而没有任何关于约翰的信息。

桌子上摆放着一叠关于爆炸事件的照片，拍摄时间就在事发几分钟后，俨然一幅世界末日之景。玫瑰街和哥白尼街发生的袭击画面浮现在卡米尔的脑海中，还有巴黎快铁袭击是哪一年来着？他总是记不住日期。

他的目光停在一张小男孩的照片上。男孩面孔呆滞，流着血，躺在人行道上，一边的脸颊贴在沥青上，手上还拿着一个空的单簧管套盒。

小孩子总是很容易拨动卡米尔的心弦。他常常觉得自己同孩子们很亲近，因为他也不高。

而且，他还是那种很容易感动的警察，是个爱哭鬼。

19:55

卡米尔觉得这男人大概有30岁了。

“我6月就到27岁了。”让说得很具体，仿佛这有什么重要性。

让的眼睛不知道看向哪里。他把手放在膝盖间来回搓着，但这并没有什么特殊含义。当人们第一次看到卡米尔的时候，要么得低着头和一米四五的卡米尔说话，要么是看他坐着，双腿离地还有10多厘米，很多人见此都会觉得尴尬。让早先在电视上见过卡米尔，但和卡米尔真人面对面，总是有些许不一样的。

让虽然外表如农民般粗犷，但还是个内向人。

“约翰·加尼耶。”卡米尔道。

“是让！”

他惊跳起来，似乎很重视这个细节。卡米尔狐疑地像在念外语一样重新看了看让的身份证。

“不好意思，这个我念约翰。”

让直直地盯着他。

“好的，”卡米尔妥协了，“虽然这写作‘约翰’，但是读作‘让’。那么，让，是你在约瑟夫·梅兰街放了炸弹？”

卡米尔双手抱胸：“讲讲。”

“施工的时候，”让说道，“我趁他们把洞填上之前放了炸弹。”

卡米尔没有反应。这种情况下，嫌疑人常常会自己打断自己，然后又说些自相矛盾的话。有一半的时候，他们都会自己崩溃。最稳妥的方式就是随他们说。

“那颗炸弹，”约翰道，“我是晚上放的。”

卡米尔只狐疑地挑了挑眉。约翰（或者让）声音很低，低到每说几个字之后就会没了声音，就好像在到处打句号。他的句子结构也很基础，都是只有主谓宾。

“有些人在清理管道。车行道还是开放了好几天。他们放了一个路障，防止人们掉进坑里。我是晚上去的，我在坑上放了一个篷布，然后进去，在下面捣鼓。我在坑壁上挖洞。我把炸弹埋在人行道下面五十几厘米的地方。我放上引爆器和钟。我设定好爆炸时间，然后埋好洞。”

他没有任何神秘的地方。只要提问，他愿意解释所有细节。

卡米尔看了一眼电脑前的路易，路易点了点头：上个月，约瑟夫·梅兰街确实换了水管。

“你为什么这样做？”卡米尔问，“你想要什么？”

让没有回答问题。他什么都说，但得根据他自己的顺序，按照他的预想。他是很谨慎小心的。

“我放了7颗炸弹。现在还有6颗。每天爆炸一颗。这是我的计划。”

“但是……”卡米尔震惊地重复着，“你想要什么？”

让想要警察放了（正在服刑的）他妈妈和（即将被捕的）他。

“比如，把我们放到什么证人保护项目里之类的。”

这太傻了，但卡米尔第一反应是大笑了起来，让则依然镇定。

“你们得给我们一个身份。”他继续道，“你们得让我们去澳大利亚，有足够的钱让我们安顿下来。我想的是500万欧元。等我们过了边界，我就告诉你其他6颗炸弹在哪儿。”

“这种事情在美国行得通。”卡米尔解释道，“但这儿不行！朋友，你电视看太多了！这是法国，而……”

“是，我知道（让摆了摆手，看上去很生气），我知道！但是如果那边可以，这边也可以。而且，我确定这种事肯定在法国也会发生。卧底、黑手党什么的，你自己去问吧。无论如何，要么这样，要么免谈……”

有点笨拙，明显不成熟（这个去澳大利亚的想法简直像青少年做的白日梦一样傻），但他并不蠢。如果他所说属实，他的威胁力是巨大的。

“好，”卡米尔起身，“如果你愿意的话，我们晚点再重新梳理一遍。”

“没问题。”

让同意了，事情越清楚，越快结束。

“钱的方面，我可以降到400万，但是不能更低了。”

他似乎没有一丝不确定。

20:05

出了房间之后，卡米尔又看到那个名字很难念的女孩。他朝她笑了笑，走上前去。

“怎么样？”

女孩只点点头。

“我们一会儿需要你的帮助。”卡米尔道，“事情结束之后你就可以回家了。”

“好的。”女孩点点头。

就在卡米尔列队进指认室之前，他把路易喊到一旁：“把约翰带出去。”

路易把他的刘海儿撩起来，表情尴尬地说：“这不合……”

“我知道，路易。”卡米尔打断他，“但是我不在乎。如果犯人就是他，程序合法性才没那么重要呢。快去。”

所以，当年轻的克莱芒丝看到被放在她面前的5个人时，她摇了摇头，感到抱歉。他们都没有皮带、鞋带或者领带。这5个演员有老有少，是来自不同科室的警察。

“不是这5个中的任何一个。”她确定道。

她的声音温柔悦耳，笑容有些僵硬，她很想做好，想认出那个人……但当警察让她重新看一次的时候，她拒绝了，那天她在咖啡馆看到的人不在这里。

卡米尔耸耸肩，仿佛在说：没关系，认不出来也很正常。

然后，他打开门。当克莱芒丝把脚踏入走廊那一刻，克莱芒丝就转头朝向卡米尔，仿佛要从反方向逃跑。她用手指着身后，坐在走廊里软垫长凳上紧邻着两个警察的男人。长凳上的三个人如同在医院的等候室等待医生的传唤。

“就是他！”克莱芒丝咬着牙，激动地小声道，“就是他！”

这既是个好消息，也宣告着一堆破事的开始。卡米尔把克莱芒丝交给一个年轻警察，让他送她回家。

回办公室之前，卡米尔打给总机，要求接到巴赞那里。在他周围，是一片沉默。爆炸事件的制造者主动出现令所有人都激动不已，现在他们在等待最终的确认。

"所以呢？"巴赞在电话里问道。

"我不想跟你说太多，"卡米尔答，"但是我觉得事情挺严重的。我真的希望你可以过来听听，然后给我分享你在技术方面的想法。"

在等巴赞过来期间，卡米尔靠近窗台，试图整理一下思绪。"还有6颗炸弹。"他想，"一天一颗。"

尽管他不断重复，但"爆炸"有点像"海啸"或者"地震"这种词，我们知道这意味着大灾难，但是如果没有亲身感受，这概念就还是抽象的。

20:15

让·加尼耶看到卡米尔再次回到办公室的时候，是和另一个男人一起回来的。这个男人身材高大，肩膀宽阔，手像女人一样纤细。他坐在让身后的一张椅子上。让似乎并没觉得不舒服。

他们一起从头梳理一遍。

“所以你买了7颗炸弹？”

“不是，”让解释道，“不是买的。我是在于苏因–珀斯往索默皮那个方向的公路边，还有在蒙图瓦捡的。”

卡米尔抬头，眼神越过让的肩膀，向巴赞投去疑惑的目光。

巴赞之后解释道：“这是在巴黎东边的马恩省，靠近沙隆市的一个市镇。每年在那边都会有十几颗一战留下的迫击炮弹被发现。当地农民会把这些炮弹收集起来放在路边，等扫雷专家把它们带走。”

卡米尔震惊了。

这家伙的炸弹竟然只是在路边捡的……

“你是怎么把它们带走的呢？”

让走向路易的办公桌。桌上放着让来的时候带的运动包，里面的东西已经被拿出来摊在桌子上。他伸出手，指了指一叠用回形针夹好的发票。

“我当时租了一辆车。这里有发票。”

巴赞问让是如何引爆炮弹的。得到炮弹和引爆炮弹可不是同一回事。

巴赞在提问的时候，让没有转身，但听得很认真。

“用引爆装置和继电器。”让的语气理所当然，“这又不是什么巫术。”

让用食指指向一个可以定时间和日期的电子仪器。

“我用这个装置设置了所有炮弹的爆炸时间。网上卖3.99欧元一个。”

路易抽出电子仪器的发票。让是用银行卡支付的，他的钱包里也找到一张银行卡。毫无疑问，正符合支付发票的那张。这是他第一次见犯人带着发票来证明自己是犯人。

让展示了一个盒子，里面装满香烟长度的管子，那是引爆器。

“这是从阿尔卑斯科技公司偷的。”让解释道，“那是个上萨瓦省公共工程材料的存放点。”

路易在网上搜索确认这一信息。

“那儿有个门卫，”让评论道，“每天只值半天班。要得手实在不太难。”

路易在屏幕前确认道：“这家公司确实存在，地址在克吕斯。”

让说道：“可能公司在克吕斯，但反正存放点在上萨瓦省的萨朗什。”

房间里的所有人开始感到不安。

既然关于这颗约瑟夫·梅兰街的炸弹，让说的都是真的，那么他对其他事情也没必要撒谎。还将会有6颗炸弹。这也是巴赞的想法，他不停朝卡米尔点头，对他来说，这一切都毫无疑问。从技术上来说，让是完全有能力的。

巴赞站了起来，绕过让的椅子，站在他面前。

“如果人们捡到这些一战的炮弹，就证明这些炮弹没有爆炸。它们还能用的概率不会大于四分之一……”

让皱了皱眉，有些忧愁，不明白他在说什么。

“我想说，”巴赞耐心地重复道，“只有你的炮弹是可以用的，才构成真正的威胁。你明白吗？”

巴赞的语气就像对一个白痴或者聋哑人说话。但这不能怪他，让看上去脑子也不太灵光。

巴赞继续用师者的语气道：“如果你不能确定你的炮弹都可以爆炸的话，你的威胁……”

“首先，”让打断他，一边用手指数着，“第一颗炮弹成功爆炸了。其次，这也是为什么还有6颗，有可能有些不会炸。最后一点，如果你们想冒险，我随便你们。”

一片沉默。

巴赞试图表现得有风度：“你用过的东西都在这里了？”

让答：“继电器、电缆。我都是在乐华梅兰建材超市买的。”

没有人有什么反应。不论怎样，这个人说要解释一切，他确实都解释了。

“对了！你们在我家不会找到我的电脑的。我已经扔了。我知道就算我删除了信息，你们还是可以搜索到，所以……”

手机也是一样，他已取消手机套餐很久了。

卡米尔有些消化不过来。他需要和巴赞、路易一起讨论一下。

他们将让留给一个警官看着。毫无疑问，他们甚至可以把他一个人留在那里，也不会有任何危险。

他们走到走廊。

“该死，”门一关，卡米尔就骂道，“只需要在网上买闹钟，在建材市场买继电器，在路边捡炮弹就可以搞恐袭了吗？”

巴赞耸耸肩。

“确实很容易。世界大战期间有10亿能量巨大的炮弹，其中四分之一埋在地里没有爆炸。它们就像死鱼一样持续浮上地面，只需要弯弯腰就能捡到。现在我们收集了2500万颗，不过是九牛一毛。如果我们想把法国境内所有的炮弹都弄出来的话，按现在的速度，还需要700年……有很多已经报废，但是也有很多还可以用。如果拿起来7颗，概率上讲，捡到一两颗能用的炮弹的概率还是挺高的。如果幸运的话，能用的数量可以是3颗、4颗、5颗。如果中大奖，甚至可能全部都可以用。

“他用了一个收音机闹钟作为启动装置，但其实所有能造成脉冲的东西都是可以的：门铃、手机等。”

这对卡米尔来说是个新知识。

“人们总觉得组织恐怖袭击是个复杂的事情，”巴赞总结道，“但其实并非如此。”

20:45

兴奋逐渐开始沸腾。就在相关信息从下到上通报的期间，犯罪科也没闲着，而是组织着工作。

分局长勒冈是个莎士比亚式的胖子，脚步笨重，但是思维敏捷。他联系了被指派为这个案子做法律调查的法官。两人都同意让卡米尔·范霍文负责调查：“直到有新的安排为止。”

卡米尔看着表笑了起来。

“这个新的安排多久会传达下来……一个小时后？”

路易觉得至少得两个小时。但不论怎么说，都会是很快的事情。卡米尔只负责做些清理的工作，之后他就会被撤职。但他并不嫉妒他的继任者，这个案子非常棘手。

然而，在等待期间，上面又给他加派了十几个人手。路易告知了他们案情进展。所以当卡米尔进来时，他们已经知道自己为什么在这儿了。并且卡米尔一进门，一切就安静下来了。他矮小得如此夸张的身材、锃光瓦亮的秃头，尤其还有他那刀片一样锋利的眼神，使他总能制造出这样戏剧性的效果。在重大的场合中，他又常常话不多，所以有时候一片沉默，这时他还会再等上几秒才说话。这行为像在拍电视，但是没有人会反对。所有人都认识他，都知道他的故事。他过世的妻子，他的抑郁症，他的离职和回归，如此种种。卡米尔可算是个传奇人物。

在卡米尔简要介绍自首犯人的同时，路易分发着他打印的总结。这总结清楚，有理有据，无可指摘。

卡米尔道："如果让·加尼耶说的是真的，那么下一颗炸弹会在24小时之内爆炸。他在约瑟夫·梅兰街弄出的动静可不是闹着玩的，我们得认真对待他造成的威胁"。

卡米尔本可以说些颇为宏大的台词，例如"第一次爆炸没有造成任何死亡。这是第一个奇迹。而你们负责创造下一个奇迹……"，然而，现实并非像让·加尼耶所以为的那样，和电视剧有什么相似之处。

卡米尔只做出一点建议："我还不知道上级会怎么处理这件事。在等待期间，消息绝不能外传。这件事只有你们这么些人知道而已……”

他没有继续说下去，但不言自明，走漏消息的人必定惹上大麻烦。同时，卡米尔也清楚，媒体一直伺机而动，让·加尼耶的事情很快就会泄露。要想瞒着这么大的事情无异于痴人说梦。

“你们负责调查让·加尼耶的过去，”他重复道，“还有他的亲朋等。尤其是他昨天、前天、大前天和什么亲友邻居见过面，说过话。目标是重新梳理他这几周的动向。”

卡米尔解释了一下团队的组成和每个人的工作，然后总结道：“路易·马里阿尼负责沟通工作。一旦有任何消息都要向他汇报。大家加油。”

然后卡米尔穿过食堂，去和法官见面。

路易聚集所有人到身边，大家开始自我介绍。路易穿着他漂亮的阿玛尼套装，像个小侯爵，但是也很有效率。他冷静又仔细地回答着所有复杂的问题，就好像能够一整晚这样，而毫不费力。

20分钟之后所有人都离开了。路易和一堆信息专家一起，坐在一个小房间里，准备接听在外的警察们的电话，并筛选信息，将图片和资料贴在墙上，然后写交给分局长、法官和卡米尔的情况总结。

21:18

卡米尔全程都抓紧了安全带。旋闪灯和鸣笛令人无法专心。卡米尔内心是个障碍滑雪赛运动员，对他来说，从巴黎到巴黎东郊的巴尼奥莱，踩刹车不应该超过四五次。

但卡米尔坚持着他的原则。在离让家几分钟车程的时候，他还是关掉了旋闪灯和鸣笛，让其他车先通过；技术人员将悄悄抵达，以防群众恐慌，他们将迅速但低调地展开工作。

罗茜·加尼耶和让·加尼耶住在一片建筑毫无特色的小区。这是20世纪70年代的穷人房子，80年代时被叫作“毛坯房”，现如今住的是一些30多岁的人、千禧一代、中层管理人员，这个小区在追求成为“公寓”的状态。这也是现在的叫法。不是小区，而是公寓。这里可没有土包子。

21幢是右边第一栋楼。毕竟不是给开电动车的环保中年人士住的地方，这里到处都是汽车。警车只好停在人行道上，卡米尔示意他们散开，到一边等着去。尽管他们试图低调，但当他们靠近门口时，他们的脚步声立刻在水泥地上发出了回响。一些邻居出来查看，其中四五个街坊像母鸡一样停留在楼梯上，等着其他人出来，聊聊发生了什么。所有人都低声讨论着，所有人都知道些什么，或者说至少有他们自己的想法。卡米尔让一个同事去找他们问话，问问他们对他们邻居的看法，这些邻居看上去很乐于回答这种问题……

卡米尔走进去。人群中，两个便衣和两个技术人员进入了房间。

百叶窗开着，植物被放在半灌满水的浴缸里，为了防止植物被淹死，塑料瓶被倒插在土上。一切都干净整洁。冰箱是空的，插头也拔了；门大开着，床上的被子叠得很好，衣柜里的衣服也整齐摆放好，地板被吸尘器打扫过。空气中有浓浓的清洁用品的味道。

家具都很旧了，但维持得很好。客厅一张柚木桌子和几把配套的椅子，很符合30年前的流行样式，一个长长的橱柜里摆放着整洁如新的碗碟。一个玻璃柜里陈列着一些小玩意儿、嵌丝玻璃小马、度假的纪念品、一个穿着不知道是哪个民族服装的娃娃。简陋的书架上放着一些书名烫金的便宜书籍（《卢贡-马卡尔家族》《法国著名战役集锦》《圣殿骑士的秘密》等），没有一本被打开过。当同事在搜索所有橱柜的时候，卡米尔看了看罗茜的房间。床上到处放着那种游乐场赢的毛绒玩具，似乎在等待着主人的回归。地上铺着一张人造毛的床侧地毯。许多情感小说被精心放置在一个架子上（《有罪的诱惑》《通往幸福的桥》《神奇一夜》等）。卡米尔离开房间，停留在一个行李箱前。那是一个警察从柜子里翻出来的。里面的东西看起来充满回忆，卡米尔迅速地扫了一眼。

“把这些都给我带走。”他说。

让的房间里是满墙的足球队员海报，一些电子游戏和恐怖电影。所有东西也都被放在该放的地方。

这个房子属于廉租房。让被捕两个月后，房子就会被清空，然后给一个新的家庭居住。这里的东西都会被扔进垃圾桶。不论租客还打不打算回来，这里都会变得很适合警察搜查。

让的6颗炸弹的故事突然变得可信起来。

21:45

第一批证人描述了一个腼腆但乐于助人的青年形象。

“他经常上门给别人做些零活儿。”一个邻居说（50来岁，发福的大肚子妇人），“比如换水龙头、修个插头之类的事情，挣点小钱……他不是个健谈的人，一个字都舍不得多说。如果你找他来聊天，他准能把天给聊死。但人还是不错的，一个苍蝇都舍不得拍死的那种。”

*

“苍蝇这件事，我倒是同意。”卡米尔说，“约瑟夫·梅兰街的爆炸，连只苍蝇都没被炸死。”

让的双手被铐在一张铁桌子上，他看起来很疲惫。两小时前他正式被捕，然后经历了两小时的拷问，10个警察每15分钟轮替一次，挨个问他问题。

当卡米尔和上级交谈时，他的同事们以更加粗暴的方式对待让。让按着肚子，左脸出现一块相当大的血肿，额头上有一道很深的伤痕，呼吸都变得困难。“他在走廊摔了一跤。”警察们是这么告诉卡米尔的。

反恐方面，警察有相当丰富的法律武器在手。恐怖分子最高可被判一个世纪的监禁。而让连个律师都没有。让说他不想要律师。

“能告诉我为什么吗？”卡米尔问。

“我不需要律师。要么你们给我我要的，我给你们你们要的，就行了。要么就是成百上千人的死亡，我永远失去自由。我不觉得律师能改变什么……”

让摸了摸自己的脸颊。

“你的同事们有点生气，但是你们依靠我才能找到炸弹，所以……”

这个动作让卡米尔停下了记录。

因为让状态很好。考虑到当下的情况，甚至可以说是非常好。

在卡米尔的职业生涯中，他见过很多被虐待的嫌疑人，也见过很多种反应，这也是现在让他警醒的一点。让完全被严刑拷打，但他表现得好像这完全正常，警察的行为并未出乎他意料。

那么，还有多少事情都在他意料之中呢？

卡米尔脸色发青，对这个计划周全的男人感到出乎意料地生气。

是不是有什么不对劲的地方？

*

“约翰·加尼耶，”卡米尔大声念着，“足球业余爱好者，有机电技师职业资格证，出了名的手巧，做些零工……时不时失业。”

让的脸很容易瘀青。他脸上的血肿已经开始变紫。卡米尔继续看材料，然后抬起头，露出欣赏的眼光。

“27岁了，还和妈妈住在一起。”

让不做回应。

“生父不详……来，让，跟我聊聊这个。”

“生父不详，意思是我不认识他，你要我说什么？”

“这个只是户口的写法。我感兴趣的是，你母亲是怎么跟你说的？”

“那个人不想认我，这是他的权利！”

让没意识到自己提高了分贝。活了27年，他已经对自己重复了这句话上百遍，这已经变成了一个曲解事实的口号，好让他不再有别的想法，好让他能克服一些困难。

“你说得对。”卡米尔道，“这是他的权利。”

和卡米尔不熟的人大概都会把那句话当真。于是两人都沉默了。

“他没有娶我妈妈。”让冷静下来，继续说，“他当时想娶来着，但不能那样做。然后他就去了海外。就是这样。”

*

“加尼耶太太和她儿子的关系？他们经常吵架……”

说这话的是楼上的邻居，她一个人住，家里养了几只猫。她是个多疑的人。其他人都很开心自己的照片上报，而她则在打电话和警察局确认之后才开了门，并且即便调查员是女性，也是在楼梯道里接受了问话调查。

“你知道他们为什么吵架吗？”

“不为什么，什么都可以吵！几乎每天都是这样！我下去敲过10次门，他们从来没来开过门。第二天，加尼耶太太就去上班，好像什么事都没发生过一样。她儿子见人也从来不打招呼。两个人没日没夜地摔花瓶、砸门，互相谩骂。”

她摇着头，仿佛听着自己的话，连自己都震惊了。然后这位太太就关上了门。

“至少，自打加尼耶太太进监狱之后，楼里就清静下来了。”

*

“你和你母亲相处不来，”卡米尔继续道，“却为了她的自由埋了7颗炸弹，这已经很奇怪了。但你到警察局之后，甚至没想见她……让，你的故事，我看不懂。”

“没必要懂，”让没有抬眼，“你让我走，我告诉你炸弹在哪儿，就行了。”

卡米尔突然发现让在看墙上的钟。

“下颗炸弹是明天几点钟爆炸呀，我的小让让？”

让露出一丝笑意。

“别把我当傻子。到时候你就不会这样跟我说话了，走着瞧。”

*

没人给让送饭，他也不吵。在他面前放的瓶装水和杯子，他也不碰。他已经面如死灰，就像那种快要撑不下去的犯人才有的脸色，但他还硬撑着。

卡米尔细细读着让的母亲——罗茜·加尼耶的卷宗。

两年前，让爱上一个女孩，卡罗勒·温丁格尔，23岁。她来自阿尔萨斯，一直想着某天回到老家。而他想着她。他们决定一起离开。

“我懂你。”卡米尔脱口而出。

照片上的卡罗勒很漂亮，一头璀璨的金发，一双蓝眼睛，笑容满面。

*

玛丽·克里斯汀·阿穆卢什，40岁，罗茜的同事和最好的朋友。她在罗茜被逮捕时做过证人，审判当天应该也要去做证，但她很喜欢重复这段故事，不厌其烦地讲。

“罗茜很喜欢抱怨她的儿子……他俩没有一天不吵，永远都是这样。儿子不喜欢逛街，但如果罗茜买的不是他想要的，儿子就会发脾气。他们什么都吵，电视节目、脏衣服、家务活儿、浇花、扫地……每天都有个新话题可以吵！我就跟她说，这样还不如要个老公，至少还能带工资回家！”

询问的警察静静地表示赞同，一边隐约想起了自己的妻子。

“如果你要让让做点正事，自己还得一大早起来叫他！所以，他遇到卡罗勒之后，我们都希望他们能好好在一起。我发誓，当让说要和卡罗勒一起走的时候，罗茜高兴得不成样子，好像是她自己被求婚了一样。对她，对我们这些同事来说，都松了一口气。因为他们母子俩一直闹得很僵，感觉迟早有一天要出事……”

她又停下来。她每次说到这里的时候，总找不到词。她看着警察，眼睛瞪得浑圆。

“所以，当我们知道情况的时候，你可以想象我们有多惊讶！”

“让，我总结一下，”卡米尔道，“如果我说错，你就打断我。你和你的母亲在一起就是鸡犬不宁。尽管她总是抱怨，但你要离开留下她一个人这件事还是令她很难接受。没有人知道当时是怎样的情况，但我猜测她反对过，哭过，闹过，甚至威胁过，但都没有用，你为了你的卡罗勒态度坚决，她假装放弃，隐藏着自己的情绪。一天夜里，你女朋友从超市回家，你的母亲将她撞死。女孩当场毙命。你的卡罗勒从小向往着回到阿尔萨斯，而现在她沉睡在巴黎郊外的墓地之中。你的母亲把车藏了起来。一个月后，一堆意外发生了：一天中午，藏车的车库发生了火灾，由于车库的主人们不在，消防员不得不强行打开了几个车库，然后找到了你母亲的车。我说完了。有说错什么吗，让？”

很难知道让到底有没有在听，他看上去更像是在等火车的旅客。

“你母亲被抓之后，人们怀疑过你……当然，毕竟案发时使用的车辆是在你们家的车库找到的。这让你成为一个完美同谋，但法官并不这么认为；你没有用过这车，车里没有你的指纹，而且，你本打算和卡罗勒一起走，没理由成为杀害她的同谋……”

让连眼睛都没眨一下。

“但今天，情况变了。你尝试要救出你的母亲，意味着你不是个记仇的人，这是个优点。但如今似乎可以重新看待卡罗勒这件事情。现在法官大概会重新审视你是同谋的这个假设。”

让看着墙叹了口气，他已经厌烦重复说一样的话了：“放7颗炸弹在城市里，好像没有比做杀人犯差到哪儿去。”

“你妈妈可是杀了你的女朋友，让！为什么你还要袒护她？”

“因为这不公平！”让吼了起来，“她只是一时冲动！”

然后他沉默了，似乎在后悔自己发了火，表露了个人的情感："我是说……这不是她的错。"

气氛缓和下来，但在这短短几十秒之间，卡米尔注意到一个根本的因素，或许可以解释让·加尼耶的所有行为：他的愤怒。就像他母亲突然爆发的愤怒驱使她杀死了卡罗勒，而在他这里，这股愤怒被冷藏，然后酝酿成一个可怕的计划。让已经失控了。

"好，"卡米尔温柔地说，"如果这不是她的错……"

让皱了皱眉。卡米尔冷静地解释道："如果你觉得你母亲可以减刑，为什么不让她去法庭接受审判？你可以说对她有利的证词，心理医生会说她只是一时冲动，不需要真的为此负责，然后……"

"然后她就会被送到荒岛流放，我谢谢你啊。"

卡米尔把他的椅子拉近了些："听我说，让。你的第一颗炸弹只造成一些轻伤，但你不会总这么幸运（他本来想加上'我们也不会'，但忍住了）。现在，上面在安排。因为你来找我聊，所以他们听之任之了，但如果我没有快点得到结果，我是说，马上得到结果，他们就会加速处理这件事……我向你保证，要接管你的人可不是好惹的。"

卡米尔继续靠近，让的脑袋朝他靠近，仿佛要听些什么秘密。

“我向你保证，那些人真的非常坏……”

卡米尔退回去。让脸色发白。他的上唇微微颤抖。

“你不要再固执了，让。不会有人答应你的要求的。”

让吞了吞口水。“才怪，”他言简意赅，“走着瞧吧……”

22:05

法官行动很快。罗茜·加尼耶很快被带了出来，她今年46岁，是弗勒里梅罗吉镇的邮递员。

她被安排进一个空的办公室，坐在一把椅子上，房间里什么都没有，如果想坐在罗茜面前，还得自己再从外面搬把椅子进去。卡米尔就是这样做的。这些椅子是铁的，像死驴一样重，卡米尔没有拿起来，而是拖在身后。椅脚在水泥地上的摩擦声令罗茜皱眉。然后卡米尔像大卫·林奇的电影角色一样飞速蹿到了椅子上面。

卡米尔把资料摊在大腿上翻开。他看到一张罗茜在一年前入狱时拍的照片。如今她瘦了20公斤，但人仿佛老了10岁，罗茜面颊消瘦，有黑眼圈，疲态尽显，她大概没怎么睡觉，吃得也不好。只有男人才会对女子监狱抱有什么幻想。她的头发黑白相间，被剪得歪七扭八，就像戴了一顶老旧沾灰的假发。

罗茜。

卷宗里解释了这个名字的由来。1964年，罗茜父亲的偶像吉贝尔·贝科唱了《罗茜与约翰》这首歌，他便给自己的女儿取名罗茜。而罗茜也深受感动，并延续这个传统，给自己的儿子取名约翰。

“他一直不喜欢这个名字。”罗茜告诉法官，“但这首歌多好听啊。”

卡米尔不以为意。

“您的儿子声称埋了7颗炸弹。”卡米尔道，“第一颗炸烂了18区的半条路，现在还有6颗。之后肯定会死很多人。”

卡米尔不知道罗茜是否听懂了自己的话。

“他说如果把你和他放了，就告诉我们炸弹的位置。但放了你们是不可能的。完全不可能。”

罗茜有些难以消化这些信息：炸弹……她的儿子……放了他们……不可能。

卡米尔又强调道：“让只会得到一样东西，就是终身监禁。”

卡米尔退回到椅子上，仿佛说完了话，剩下的就不关他的事了。

罗茜摇摇头，她自言自语道：“让人不坏……”

她无法想象她的儿子会做这样的事情。卡米尔一直没动，要让她消化这些事情。罗茜花了快一分钟的时间来明白情况，变得脸色苍白，然后张开嘴发出一声近乎听不到的、痛苦的“哦”。

卡米尔继续道：“如果你愿意帮助我们，这对你和让的量刑都有好处。尤其是对他来说。用车撞一个女孩和在巴黎埋一堆炸弹可不是一回事。你可能几年后就可以出狱，但是如果有一颗让埋的炸弹爆炸了，让可就一辈子出不来了。他现在27岁，还有50年的刑期等着他。”

罗茜认真听着，她听懂了。

卡米尔看过她的心理报告，情况并不很好。受教育程度很低，行为能力有限，判断能力低下，容易冲动，情感混乱，尤其是在她和儿子的关系占了很大一部分……卡米尔观察着罗茜，并肯定了自己的第一判断：这个女人有点笨。做出这种结论的过程往往是痛苦的，你会被尴尬的同情心所束缚，并感到羞愧。

但卡米尔也有一丝疑虑。

“你知道这些炸弹的事情吗？”

“让从来不跟我说任何事情！”

她的说法这样概括，好似在说一起家庭矛盾。

“加尼耶女士，你明白发生了什么吗？”

“我可以和他谈谈吗？”

这也是问题所在。法官认为应该尽快让他俩相见，但卡米尔不知道这是不是正确的做法。

“我能看看让吗？”罗茜坚持道，“跟他聊聊……”

从现实角度来说，法官是对的。两个人是被允许见面的。对让而言，他母亲是最好的杠杆，是这世界上唯一可以劝服他的人。

但卡米尔无法做决定。罗茜的声音令他觉得有些奇怪，感觉有什么不对劲的地方，他得弄明白……

“到时候看吧。”卡米尔答道，“到时候再说……”

卡米尔告诉法官他俩的见面也许会起到反效果。

罗茜因为监狱生活，状态很不好。让可能就是因为有这种担心，所以只在母亲入狱的时候来过，然后就只是每周写信，再也没来探监过。如果他看到自己的母亲变成这副样子，恐怕只会更想把她救出去……

法官表示赞同。他们决定等等看。

22:15

“还有7颗炸弹。每天1颗，对吗？”

看来消息传达得并不很好。

“他想要他妈妈？”

“是的，总理。他妈妈。”

“他以为我们会把他送到澳大利亚，然后等他写个明信片来告诉我们炸弹的地址吗？”

突然总理决定封锁消息。没有人知道这是不是个好的应对方式，不过无论如何，大家都只是在一堆糟糕的解决方式中选个不那么糟糕的而已。

“你们得给这次爆炸找个官方的说法。”总理说，“大家都能理解的那种。给我提交一个拟通告。我们尽量争取时间，你们（他对反恐组的人说）……嗯……做你们该做的。”

等出门的时候，总理又转身说：“一定要阻止这桩鸟事的发生。”

总理出去之后，幕僚长又对这番话进行了再创作：“给我干他。”

一片安静。大家都感觉到事情的严重性了。

然而，没有人说得清是为什么，或许是因为事情来得太突然，情况太暴力，因为事情进展太迅速。政治上，对于灾难性的事件，人们都是最先应对最有可能发生的那些。

当局有一整套危机应对计划和灾后恢复战略，详细说明了在发生重大事故时应急服务应如何应对。在让有所行动之前，他们就该行动了。也许应该启动国家紧急危机管理计划；清点并分析这系列炸弹的可能危险，并预先准备一个可操作的动员部署。

22:40

尽管收集到越来越多的路人信息，但路易仍无法还原让·加尼耶这几周的行踪和动向。

路易向卡米尔解释道：“他不怎么跟人来往。只在足球队有几个朋友，并且好几周以来都没人再见过他了。邻居们说，自从他母亲被捕后，他出入过公寓，有时会在买菜的时候遇到他，但没有人发现任何异常。我派人去确认过他的购物情况、租车情况……但让是那种没有人会注意、没有人会记得的客户。”

自从克莱芒丝正式认出让·加尼耶之后，所有人都想着给媒体分发让的画像，寻找证人。但是总理的指令是对媒体封锁消息。上面的指令很明确。在晨报上刊登埋炸弹的人的画像绝对会引起恐慌。

“一边是恐慌，另一边是屠杀。”卡米尔道，“我简直不敢站在决策者的位子上想这件事……”

“他很快就会全招了的。没有多少人能够抵挡这些专家的拷问。”

“不会有用的，”卡米尔站在咖啡机前，对路易说，“这种人是死脑筋，想问题很粗糙，都非黑即白，完全没有模糊地带，只有是或否。我打赌，接替我们的那些专家肯定要碰壁了。”

一说到接替者，卡米尔开始越来越频繁地看表，迫不及待要甩开这个烂摊子。

终于，有四个人连门都没敲就径直而入。

反恐组要接管这个案子了。

他们个个都像卡车一样高大。他们的步伐、决断力、眼神、动作，无不令人恐惧。让看着他们，觉得惊叹。他对一切都有预想，并且许多事情的进展也确实如他所料，但显然情况有了变化。几秒钟内他就被推起来，双手背在身后，戴上了手铐，蒙上了面，捆了起来，难以动弹。站在这四个男人中间，让看上去立刻矮了10厘米。

显然，事情要被加速处理了。

卡米尔没有露出笑容，但他松了一口气。这些专家进门不到

30秒，就已经带走让·加尼耶并消失了。

卡米尔朝他的同事、指挥官佩尔蒂埃打了个招呼。佩尔蒂埃是个方脑袋的大个子，留了古板的黑白相间的胡子。

“玩得开心……”

佩尔蒂埃仍然专注在自己的思考上面，看上去如鱼得水。他最后一个离开，但是没有说一个字。

23:15

卡米尔开车往安娜的方向去，但又半途停了下来，有些担心地下了车。

“我还在办案。”卡米尔给安娜写短信道，“对不起，可能今晚再晚点的时候……可以吗？”

发短信之前他并没有想太多。并非他不想去见安娜，反而他很想和她睡在一起，闻她的味道，触摸她的身体……但现在他还很乱，仍然担心着案情，总觉得有点什么不对劲。他倏地想起反恐组的那群专家。对待这样的案子，不敢想象他们能做的事情有什么。只有他们自己知道。

但是……

安娜的回复是：就算晚，也要来噢……

卡米尔犹豫了几秒。不，他要继续骗安娜。他要回家。

毫不意外，湿嘟嘟开始摆臭脸。他注意到了，但是没有办法。

湿嘟嘟总是这样，每次他回来晚了，湿嘟嘟都会直接无视他。

卡米尔已经筋疲力尽，没脱外套就直接在沙发上躺下了，但睡不着；令安娜空欢喜，骗她，一定会让她不开心。而卡米尔也完全没理由这么做。或者也许有理由。他本来是没空的；他反复告诉自己："你已经不负责那个案子了。"但没用，他从沙发上坐起来。湿嘟嘟停在他的膝盖上，他开始画画（他家到处都是草图、速写，他永远停不下来。画画可以帮助他思考，这就是他运行的方式。他会画出所有记忆中见过的东西，这些也是他有必要回味的东西）。

在工作中，有些事情仅仅是发生过，而有些事情会对他产生某种启发。他并非有盲目的自信，反而更像是那种容易有疑虑的人，但是他会倾听自己内心的感觉和反对的声音。他只能这么做。

于是他继续画着，来回忆罗茜和让的面孔。前者散发出某种蠢笨混合顽固的气息，后者则更复杂。同样有顽固，但是也有算计。两人的共同点在于决断力。这一点，在她身上是固执，而在他身上是意志力。他们看起来平凡到无趣的程度，但危险性堪比天花。

看着他们的画像，卡米尔开始思考他们之间的关系。

罗茜杀了让的女友，而让埋了炸弹来救罗茜出狱……如果把这两块拼图放在一起，似乎拼不到一起。两者并不相合。卡米尔暗叹幸好自己不再负责这个案子了。

对于让·加尼耶，则没有“幸好”二字可言。他得面对一个肮脏的15分钟。卡米尔停下手中的画笔，因为让可能面临的那些审讯手段令他胆战。鲜少有人谈起这些，但很容易想象，一个以在巴黎埋炸弹来要挟的人会受到怎样的待遇。水刑、吊刑、关禁闭、不间断高声播放重金属摇滚……这些刑罚真的存在吗?

想象别的事情，换换思考角度，是卡米尔的思考办法之一。调查是探明真相的方法之一，卡米尔则试图将事情放到另一个极端来处理。他凭借记忆重新画出罗茜档案中的一张照片：那个被撞死的女孩，卡罗勒的照片。他重新画出那一瀑布般近乎完美的长发，唯一的遗憾是上面一摊血迹在明亮的光线下闪烁着，如同孩子的头发。年轻女孩的死已很令人惋惜，一个金发女孩的死去则实在是世上最悲惨的事了。卡米尔又画出女孩撕裂的脖颈。

终于，卡米尔疲惫得直接和衣而睡，湿嘟嘟在他肚子上绕成一团。

*

电话响起的时候是凌晨4点，他终于明白为什么自己不去安娜那里，为什么自己不上床睡觉了。

他的直觉没有骗他。

湿嘟嘟拒绝起身，卡米尔只好将她挪动到一旁，湿嘟嘟喵喵地抱怨着。他感觉到全身来自骨头里的疲惫，但还是站了起来，一手接了电话，另一只手已经开始脱衣服，解开衬衫纽扣，他需要快速地洗个澡。

正如卡米尔所料，这是法官来的电话。卡米尔得回警察局。让·加尼耶不愿再和反恐组的人对话，毫不意外，他只想要卡米尔。卡米尔唯一的疑惑在于，为什么他们要满足让的要求？

“因为情况紧急，”法官道，“让·加尼耶保证下颗炸弹在15个小时后就会爆炸。现在只剩12个小时了。”

法官一挂电话，卡米尔就叫醒路易。路易不可或缺，于是他也得立刻穿好衣服出发。

“但是，”路易道，“12个小时后有炸弹我们早就知道了啊。让·加尼耶早就说过了，一天一颗炸弹，不是吗？”

“是的，”卡米尔说，“我不知道我们亲爱的反恐组做了什么，也不想知道，但让·加尼耶开始招供，然后又打死不吭声。他说只想跟我说话，并说这没得商量。”

“那他说了下一颗炸弹在哪儿吗？”

“说了，这也是为什么法官打给我们。”让说炸弹埋在了一所学校里。

Deuxième jour

第二天

04:55

反恐组组长佩尔蒂埃双手环抱于胸前，高高地扬起下巴……他把移交案子看作对他的一种否定。卡米尔一进来，佩尔蒂埃踮起脚以便从更高的地方睥睨卡米尔。即便已经被这样蔑视50年了，卡米尔仍然觉得生气，但他见怪不怪，更疲于还击。对卡米尔而言，这种警察之间的斗争已经不新鲜了。尽管如此，他定定地看着佩尔蒂埃。当然，是抬起头来看。佩尔蒂埃的眼神仿佛在说：反恐组不是一个部门，而是一个使命；我们不仅是警察，更是专家；如果反恐组弄不出个所以然，那就没有人可以。

卡米尔很同情眼前这个男人。毕竟卡米尔已体验过多次自己的案子被移交出去或者被威胁移交出去是什么滋味。

但卡米尔没时间多逗留，这里有别人。由于这是个重要的人，我们可以加粗这个“**别人**”。如果佩尔蒂埃散发出一股憎恨，那么这个“别人”则是全然的自信和光鲜亮丽；即便现在是凌晨5点，这个“别人”仍看起来精力充沛，表现出一种令旁人丧气的年轻气场。30岁就身居要职，他的家庭背景、才华、意志、努力、野心和幸运都不言而喻，这些元素像一杯顺滑的鸡尾酒，不必细品也都知其味。他的发型、套装、鞋子，他的仪态，他的手表，从头到脚，乃至他吞口水滑动喉头的微小动作都令人浮想联翩。卡米尔闭上眼睛，和这个“别人”握了握手。这个“别人”的手有些干燥。至少佩尔蒂埃会愤怒，会沮丧，跟其他普通人没区别，而这个“别人”……

卡米尔正想着这些的时候，路易走进了办公室。

事情又突然发生大转变，让·加尼耶的炸弹也肯定有这样的效果。佩尔蒂埃没有眨一下眼睛，而这个“别人”则在不到半秒的时间内，脸就煞白了，整个人不断缩小，缩小；如果继续下去，就跟卡米尔一样大小了。他一边接近路易，一边结结巴巴吐出几个字。两个男人迅速来了一个拥抱。路易冷静地微笑，对卡米尔介绍道："这是我当年一起备考法国国家行政学院的同学。"

卡米尔这才知道，路易是当年考试的第一名，而这个"别人"则是最后一名；尽管这个"别人"后来成功了，但这种情结是抹不掉的。路易对这个"别人"微微点头："你说吧，我们听着呢。"

"那么，反恐组已经尽力了……"他甚至没有看佩尔蒂埃一眼，因为没时间浪费在废物身上，"但我们应该现实一点，部长个人……策略、时间对政府来说很紧急……"

卡米尔有些不耐烦，甚至等不到话尾。"好的。"他低声道。

然后，卡米尔不知会一声便转身离开了房间，穿过走廊，打开一扇门……所有人有些震惊地紧随其后，然后撞到了卡米尔背上。所有人都僵在门口，因为让·加尼耶已经不成人样了。

毫无疑问，这和那些审问专家有关。

卡米尔开始找词来形容：惨不忍睹、精疲力竭、有气无力、力尽神危……这些词都适用于他，还要加上一个"皮开肉绽"。

脸上的血肿已经变紫，可想而知身上又是什么情况。

卡米尔看着让，真的，他觉得有什么不对劲。

是什么呢?

实在难以猜到。

或许是他那一抹微笑。但这并不奇怪：他赢了。他想要卡米尔，就得到了卡米尔。他还成功挫败了专家组。可尽管如此，他在这样的情况下，竟然还能笑得出来……

卡米尔关上背后的门，走向让，然后将两手平放在桌子上。

“我们就开门见山了，我的小让让。”卡米尔说，“你还有事情要坦白，这是你要我回来所答应的条件。我现在人在这儿了，就等你说了。你有七秒，一秒说一颗炸弹的位置，然后我就把你重新交给我的同事们，我自己回去睡觉。一、二、三……”

他数得很快。

“四、五……”

他站了起来。

“六……”

他退后了一步，准备离开。

“炸弹在学校。”让说。

他的声音并不像他的人看起来那样虚脱。

“爆炸时间是今天早上，9点。”

卡米尔的脑子一下想不清楚在不到四小时内得有多少事情要做。

“这个你已经说过了，不是什么新闻了。我要的是新的消息，一手的那种，否则我就把你送进敢死队，然……”

“我把炸弹放在了一个幼儿园。”

卡米尔抓住了桌子，感到天旋地转。

“在哪儿？你个浑蛋。哪个学校？”

让耸了耸肩，不说话了。

卡米尔疯狂地思考着幼儿园的小孩都多大了，2岁，3岁，4岁？卡米尔没有孩子。幼儿园……这想法太疯狂了。在巴黎有300多所幼儿园！当他试着想象幼儿园的孩子们受伤的样子，就觉得晕眩。怎么有人能做得出这种事呢？让看着地上。显然，让只看重他自己、他的母亲、他的要求，他情愿让世界爆炸，上百个孩子死去，只为换一张去澳大利亚的机票……卡米尔简直想杀了他。他也可以试着劝服他改变心意，但这是不可能成功的事情。在最初的几次谈话中，卡米尔尝试过恐吓他，想利用他的恐惧、同情心、怜悯心，想假装站在他那一边，还有后来的严刑逼供，都毫无作用。

“你知道我要什么，”让说，“一切都取决于你。你看起来好像没有准备好，我不知道你还需要什么……”

他摇摇头，看起来有些愧疚。

“在这期间，”他又说，“如果你们需要我，就得让我睡一下。”

约翰的手铐太短，以至于他不能用手撑着脑袋，于是他弯着腰，把右脸放在桌子上，闭上了眼睛。

立刻，他的呼吸就缓了下来。

他睡着了。

05:25

官员、技术人员、工程师都被叫起来，被专车接走，摩托车给他们开路。打开办公室，激活信息系统，动用所有可用的资料。无论他们行动有多迅速，每件事都需要花费大量时间。

这半年来，巴黎几乎所有的幼儿园都有过维修工程，公共工程部门表示他们得在学校放假的时候完成工作。除此之外，幼儿园周围的公路、停车场也有可能是埋炸弹的地点。最困难的地方是判断最有可能的埋藏点。这个工程得持续好几天，久到足以让加尼耶进去埋一颗炸弹这么大的东西。一间学校重装了电路，另一间重修了厕所，警察拿出草图，疯狂地不停地问工程师：这个工程施工期间有没有可能放一颗炸弹？在这种高压之下，甚至有一个工程师晕了过去。

“你不能这样问我！”

背后的责任大到令他焦虑，直至将他击溃。警察陪着他回家，叫来了他的下属。公共交通网、水管、屋顶、土方工程等不同领域的下属都来了，一共15人。警察又继续问他们关于埋炸弹的可行性的问题。

目前，他们找不到有哪所学校周围的地下道在最近8个月被使用过。

下水道、地下室、停车场……如果把这些可能藏炸弹的地方都考虑进去，找炸弹就无异于大海捞针。

“让，你说的学校，我们找不到……”卡米尔说。

让看着墙上的摆钟。

“这只是时间问题。我保证你们会找到的。”

他说得没错。

因为十几分钟后，巴黎另一头，在一个地方警察分局里，一位警察拿起了电话，拳头愤怒地砸在桌子上，直至电话终于接通：“我们找到了！”

当卡米尔收到消息，他忙不迭跑到审问室，推开门，跑到让面前，抓住了他的肩膀。让惊恐得想护住脸，但是双手还铐在铁桌上。

“夏尔勒·福瑞戈幼儿园？”卡米尔大吼，“是吗？14区那个？”

工程师们继续筛选着资料，锁定了位于菲力博尔·宝勒街上的幼儿园。一切条件都符合。三个月前，该幼儿园的操场上有一处地面突然下陷，惊慌的校长打给了政府，政府打给了技术人员，技术人员打给了承包商。学生家长们看着操场上的沥青陷进去，担心得就像在看一个陨石坑一样。相关人员在周围放上了围栏，并得出结论：这是下水道泄漏损坏了地下结构。技术人员利用四天后的周末打开了操场，挖了一个坑，不过需要一周时间才能挖到塌陷的底部。小孩们贴在围栏的外面，像看表演一样看着20米外的工人们。

让·加尼耶没有回答，他看了卡米尔一眼，然后垂下了眼帘。

05:40

这次，没有时间预警，晚些再和周围居民以及记者们解释吧。当务之急是找到炸弹，移除引信。警察们一边看着表，一边朝学校飞奔。警察已经封锁了宝勒街，工人们到了没一会儿，消防员们也到了。政府的扫雷员已经在勘测操场。

巴赞把这所学校的地图直接摊在地上，并要求和卡米尔通话。

他对此有不同的想法。

卡米尔听到之后如同被一拳重击。

“你想说什么？”卡米尔问。

06:20

卡米尔向法官解释："工人们已经挖开了操场，但我们知道炸弹不可能在那里。因为这个坑太小了，让根本下不去，更别说不动声色地装一颗炸弹这么大的东西。"

而且，让也确认了这一点。

"你没有给我留时间……我本来要告诉你的。"

卡米尔有时候真想砍了他。

法官现在要求卡米尔和他母亲见面，而卡米尔再也没有理由反对。

罗茜比第一次更紧张。清瘦又憔悴，她脸上表现出极度的焦虑。卡米尔观察了一会儿面前的女人，那个困扰他许久的问题又一次涌上心头：让女友的死和这些爆炸有什么联系？

这对母子有什么秘密？

唯一的解密方法就是将他俩面对面放在一起。然而，尽管还有不到3小时，卡米尔不得不这样做。他感觉自己如同在一口井边，就要掉下去。尽管他知道留在井边是更好的选择，却还是妥协地掉了下去。

“加尼耶女士，你的儿子威胁说要炸掉一个幼儿园！你知道我在说什么吗？”

卡米尔解释道：“即使现在知道炸弹在哪里，也没时间排雷了。”

罗茜保持沉默。

“但是还有时间疏散人群，你明白吗？否则炸弹一爆炸就是几十上百个小孩……”

罗茜点点头，她懂。

“我们必须尽快知道炸弹在哪所学校！”

罗茜深吸了一口气，看得出来，她在忍住眼泪。他们来到一扇紧闭的门前。

“他在这里吗？”她问。

卡米尔开了门。当让看到自己的母亲时，他低下了头。看管的警察退到一边。卡米尔扶着罗茜的胳膊，领着她坐上椅子。罗茜自由落体般重重地坐了下去。在审讯室单向玻璃的另一头，监控室的屏幕后，30个人正屏息以待。

罗茜凝视着她的儿子。而让的视线则越过罗茜的头顶，凝视着她身后那堵墙。罗茜把手放在桌子上，努力向前，想够到让被铐住的双手。罗茜两只苍白而笨拙的手在冰冷的桌面上前进着，直到双手已经完全伸直，上身已经完全躺平。而两双手之间还有20厘米左右的距离。

或许是因为那份沉默和流逝的时间，这场景令人有些难以忍受。

罗茜哭了起来，她的哭声充满了整个房间。

让始终僵直得像根惨白的蜡烛，除了像狗一样颤抖着，他没有其他动作，也不看他母亲，就像脑叶被切除了一样，也不知道这是他的正常状态还是生了病。让抖得像灵媒上身一样，令人震惊。而卡米尔只注意到两颗豆大的泪珠滑过罗茜的脸颊，这是她浓厚情绪和强烈孤独的唯一表达。

罗茜趴在桌子上，让直直地挺着，这一幕仿佛可以一直持续几小时，乃至几天。

卡米尔想看他的手表，但心里总觉得有什么不对劲。

因为罗茜的表情看来并不难过。她闭上了眼睛，但并不像一个饱受折磨的女人。是因为她重新见到让，还是因为发现自己在和让一起书写这个没有结局的故事？卡米尔看着这张脸，不知为何，仿佛看到了她小时候的样子。

突然，他明白了。

这表情不是出于悲伤，不是苦恼，也不是宽慰，而是个胜利的微笑。

罗茜抬起头来，双臂还伸着，并没有试着要抹去泪痕。让仍看着罗茜头顶后面的墙，罗茜轻声说："我知道，你不会抛弃我的。"

她的声音很低，却很结实。

"你会成功的，我知道……"

当卡米尔意识到这场见面是个陷阱时，他立马行动了起来。罗茜提高了音量："我爱你，你知道的！"

此时，卡米尔已经站在了罗茜身旁，拉着罗茜的肩膀，但罗茜抓住了桌子。她喊道："让，我只有你！不要抛下我！"

卡米尔用尽全力抓她，但令他背后一凉的是罗茜·加尼耶的笑，那是疯狂的、狂热的、歇斯底里的笑。

“我就知道你会来找我的，让！我就知道！”

所有人都慌了。

路易是第一个离开监控室的。他立刻打开了审讯室的门，和紧随其后的三个同事一起抓住罗茜，但罗茜始终抓住桌子，高声喊叫着“让！不要抛下我！”。警察们把她的手从桌子上拉开，她就抓住椅子扶手，一边喊着“不要放弃我！”，完全无法把她拉走。她哽咽到要断气：“他们不能把我们怎样的，我的让！”由于她始终不放手，警察们拖着她朝门口走去，她又把住门框，警察将她的手指一个一个地掰开，而她还在重复高喊着。可悲可叹的一幕。

而让始终纹丝不动，看不出来他在想什么。

07:00

法里达人很好，但是做事没头没尾的。大家都喜欢她，但……她打扫时总是这里做一点，那里做一点，永远不知道她做到哪儿。一般来说，她总是7点开始工作，这一点没得说，她是很守时的人。可即便千万次叮嘱她要重点打扫教室，她还是先擦咖啡机，然后去园长办公室擦灰，清洗老师办公室的地板、走廊，然后又去擦玻璃，而且还是以一种常人无法明白的顺序这里擦一下，那里擦一下。结果就是，当所有人到校时，她就慌得到处跑，但也不会改。第二天又是一样。跟她说无数次也无济于事，她就是这样的人。园长加里伟太太受不了了。上一周，加里伟太太通知法里达，她已经向政府申请将法里达调派到别处去。法里达对自己被指派到自己不喜欢的健身房表示理解，她不喜欢桉树精油和樟脑丸的味道，还有贴满石板的洗澡间……她还不知道，不论如何，即便园长没有申请法里达的调令，法里达也会被调到健身房去，因为几小时后，这里就不需要做清洁了，因为这个幼儿园将不复存在。当我们回过头，看着法里达擦拭着那些小桌子，小孩们用来洗手的小喷泉，7个小孩用的厕所，当我们知道这一切将化为灰烬时，这一幕幕竟令人有些动容。

140毫米的炸弹被放在通往各教室的走廊下面不到1米的位置。这是一个没人下去的地下室，因为这里什么也放不下，非常矮，而且会积水。几年来想过各种办法，还是会积10厘米到30厘米的水。十几年前，让准备电工资格考试的时候，曾经在一个负责这家幼儿园的电气公司做过实习，因而有机会多次下到这个地下室去。后来公司倒闭了，让最后也没有通过电工资格考试并转业成为机电技师，但他一直记得这个学校。因为有积水，让不得不把地下室里一直漂浮着的水泥砖和厚木板叠起来，再把炸弹放在上面。这是好事，这样炸弹几乎和走廊地面高度一致，爆炸的伤害力会得到更好的施展。孩子们大概在8点15分到校，加里伟太太也非常准时。而炸弹爆炸时间被设置为9点。

07:15

他们不得不采取一些极端手段，除此之外，他们别无选择。在总统的秘密办公室里（总统身边围着三个部长、一个国防参谋长、国家安全部门的高级官员、警察等），几个人委婉地讨论了几种逼供的极端手段。

一如以往，吐真剂这种小说中的精神类药物又被拿出来讨论，但又被专业人士否决：此类药物的服药者反应并不相同，有些会真话假话混合。而用来确认这些话真实性的时间就足够让炸弹爆炸了……

还没等理论介绍结束，总统就挥挥手打断了他们。这是个务实的男人，他不介意用些不可告人的手段，但是现在太迟了。

“总统先生，这个人掌握着时间主动权。”有人说道，“他以每天一颗炸弹来威胁我们，并且在第一颗炸弹爆炸之后来警察局坐牢，都是精心计算好的。这么短的时间内，相关人员能做的都做了，但是……”

总统打断他：“当然，当然。”

没有人知道他到底怎么想的，但很快就知道了，因为马上就会有严重后果了。让·加尼耶的炸弹不仅会损伤学校和周围的商店等，也会对政府产生影响。这种级别的事件很难不波及当权要人。

但现在还没到那一步。

总统重新看了看内政部部长的报告，难以忍受警方正处于多么不利的情况。“嗯，这个报告……”总统点点头，“国家紧急危机管理计划，嗯，这是必需的……”

必须做个决定了。

7点16分，总统下令疏散巴黎全部幼儿园的学生。

全部。

巴黎一共有349所幼儿园，45000个学生。

立刻，大家就开始行动了起来。分发任务后，走廊里到处都是匆忙低沉的脚步声，电话铃声此起彼伏，各个办公室的人互相打着电话。需要组织接应人员在保障学校周围安全，征调车辆，找到几百个人手并加快行动，因为不仅需要人在学校门口阻止进人，还需要人组织带领孩子们，把他们送到体育馆、政府活动室等地方，还要准备提供供给、急救的人员，完全是个大工程。只剩两个小时来完成这一切！这完全是不可能做到的，不过几分钟后，总统决定全力以赴，所有相关人员也不留余力。他们能成功。

但在疏散之前有更紧急的事情：沟通。今早，巴黎人醒来后将发现自己如同身处战争之中；消防员们的大卡车、军事救援部队将在城市里四处穿梭，人们将被告知他们孩子的生命被一颗炸弹所威胁……这样的后果是显而易见的，反对党会群情激愤，要求政府给个说法。什么？仅仅一个小伙子就让这个国家陷入了危机？开什么国际玩笑！当总统还在反对党的时候，他一定会很喜欢这样的情形：政府竟然无法保障我们孩子的安危！竟然无法招架区区一个单打独斗的恐怖分子！真是可耻！“这样的政府，它的软弱程度只有它的无能才能比肩！”如果总统还在反对党，他一定会很喜欢这样的口号。

而现在，他是总统。

他咨询宣传领域的幕僚，倾听各部长的意见，反思自己的政治生涯安危。他做出决策。总理会先讲话，然后他再讲怎么做……

突然，一切又回到零点。

国家紧急危机管理计划取消，危机演讲取消，政治声明也取消。什么都不做了。取消一切行动是因为卡米尔·范霍文打了电话，他传达的内容以光速抵达了爱丽舍宫。

就在4分钟前，筋疲力尽、脸色苍白的让开了口，他的声音嘶哑而微弱，需要人俯下身去才能听清。和他母亲的见面耗尽了他最后的力气。

“第二颗炸弹……”

卡米尔躬下身去，他什么也听不清楚，而且有一种自己很肮脏的感觉，仿佛自己是个严刑逼供的人，却听不懂一个被自己折磨殆尽的人说什么。这时，他口袋里的手机振动了起来。卡米尔骂了一句，继续弯着身子扭曲地掏出手机，原来是安娜的短信：“独自度过漫漫长夜……好难过。”

“嗯？你说什么？”卡米尔听到让说，“我……”

让·加尼耶在他耳边喃喃：“……因为我是个好人。”

卡米尔震惊得后退了几步。

“你？好人？这可不是我想到的形容词……”

让·加尼耶在椅子上摇摇欲坠，卡米尔又低下头去。

“别去找是哪个……”让·加尼耶喃喃道，“幼儿园了……”

终于有新线索了。卡米尔还没回复短信就把手机揣回口袋里。迫于形势紧急，似乎让·加尼耶终于要放弃威胁了。卡米尔整个人从头顶到脚趾都放松下来。

“其实没有炸弹对不对？你是想说这个吗？”

卡米尔的手扶住让的头。

“有是有……”让说，“但不在巴黎。”

国家紧急危机管理计划、疏散计划等，所有行动立即停止。政府又需要重新审视当前情况了。

炸弹在一个外省的幼儿园。

这将是个灾难。

“法国有16000所幼儿园，”内政部部长道，“我们要疏散200万孩子，完全不可能做到。”

政府想尽办法，就是为了不造成集体恐慌，也不可能告诉全国所有幼儿园园长：“有个疯子放了颗炸弹在一个幼儿园，可能就是你们幼儿园，而我们没能力阻止事情发生，所以你们必须撤离学校，尽快离幼儿园越远越好。”

内政部部长也是个务实的人。

“孩子的父母、爷爷奶奶、亲戚朋友等，加起来大概有300万成年人要应付。”

除了孩子们的家属，恐慌也会波及所有人，因为政府需要向媒体解释，现在只是开始，之后还有5颗炸弹，而政府不知道它们在哪儿……

更不可能在每个幼儿园搜索排查炸弹，这将花费几个月的时间才能完成。

再加上没有人知道让·加尼耶是在说真话还是吹牛。

现在只有一个办法：静静等待9点钟的到来。

真是令人抓狂。

警察、政治官员、技术人员都倒在椅子上，各自思考着现代民主国家抵御攻击的能力。

正如巴赞对卡米尔说的那样：“人们总以为恐怖主义非常复杂，事实上却并非如此。”

08:15

卢卡、泰奥、卡丽嘉、奥西奥妮和其他小朋友一起手拉手走向操场深处的菜地。这块菜地需要几周，不，是几个月才能得到政府的补助，但是加里伟太太还是坚持了这项申请。她一直梦想着有个菜园，就为了这些土和石头，她不知辩护、解释、争论了多少回。但终于，她还是做到了。几个月前，菜园被打扫了出来。小朋友们种下了西红柿、菜豆、鲜花，大家都喜欢这个活动。加里伟太太也很喜欢：她的父亲就是农民。

孩子们平均4岁左右。比如，马克西姆3岁，而萨拉快5岁了。

幼儿园有6个班。

一共是134个小朋友。加里伟太太班上的24个小朋友离让埋的炸弹最近，是受影响最大的。并不是说其他孩子就不会受到影响，但是灾难会最先影响到这里。

可以说，这间教室将完全消失。夷平这里也就一两秒钟的时间。房顶将被穿透，仿佛一颗加农炮毫无阻碍地穿过，因为墙面已经被炸弹的余波震倒；一面屋顶就如同一只巨大的黑鸟飞走了，在操场的上方短暂地飘浮然后摔碎在菜地上。

星火将会烧起来，一整栋教学楼将会化为灰烬。

让将爆炸时间设为9点。他觉得这是个完美的决定。那时候所有孩子都在教室里，除了加里伟太太和他们班的孩子会在菜园子里。

08:30

卡米尔看着让。他激动，愤恨，有想打人的冲动，但也没什么用。

让很疲惫，没人给他留哪怕一分钟的时间歇息，而且他什么都不会说的，他会顽强反抗，卡米尔知道。让已经成功通过了专家们的严刑逼供。就连心理医生在他面前也无用武之地。专家们和让见面一小时，没从他嘴里撬出半个字。卡米尔飞速地翻阅了这些专家事后写的档案：易焦虑，内向，善于控制自己的情绪。“哇，好有用的信息噢。”卡米尔想。

让在自己的母亲面前会很紧张。

在卡米尔面前，他则是放松的，就连眼神也淡定许多……这也太扯了。他正处在一个极度可怕的环境中，在一个不管是谁都会被吓哭的环境中，但如果我们根据环境来判断他的状态的话，他还不算太糟。

“有件事情让我很惊讶，”卡米尔道，“你的档案中显示，你曾经在老家做过保姆。不少人都提到了这一点。说你和小孩们很亲……所有家长都对你很满意。”

让扬起了一只眼睛上的眉毛。

“事实就是如此。”卡米尔继续道，“你不是那种会在幼儿园放炸弹的类型。”

让脸上投下一片阴云。

“你是个儿童杀手吗，让？”

让吞了吞口水：“你马上就知道了。”

08:53

过去的一个小时人们都如临大敌。大家都没闲着，警察们继续疯狂地工作，就像即使输已成定局但仍要坚持到哨声响起才作罢的球队一样。警察们继续梳理着让·加尼耶的生活信息，试图找出他有机会在哪些幼儿园放炸弹。主要的困难在于，政府并不会公布每次的施工信息。警察没有任何集中的相关文件，所以只好有什么办法用什么办法，大点的城市就打电话，其他的市镇就发邮件，发传真，也不加急。因为不可能告诉他们：请尽快回复，因为有可能当地有所幼儿园有一颗炸弹……这样做恐怕只会造成恐慌和谣言。但对收信者而言，这种询问一两个月之前的工程的邮件，并不是什么重要邮件，可以下周再回复。

时针指向了9点。

在各部偌大的厅里，在朝向花园的办公室里，在这片镀金的政府大楼之中，所有人都屏住呼吸。尽管所有的情况都预想过，但在这最后的几分钟，不论是警察、总统、部长或是什么行政中心主任，一想到100多个四五岁的小孩被炸死，只会觉得心痛。

9点，所有办公室都一片安静。他们就像要冲锋前的战士一样，迫不及待想上战场，结束这一切，豁出性命也在所不惜。但到了9点之后什么事都没有发生，15分钟过去了，依旧什么事都没发生，让还被铐在桌子上。

卡米尔起身回到自己的办公室，焦躁地反复翻阅文档材料和路易的报告，飞速潦草地写下自己脑海中的念头。

09:21

各个办公室重新开始发出窸窸窣窣的声音，没有人敢懈怠，时间在继续流逝，卡米尔仍埋首在文档之中。9点半的时候，部长办公室得到了通知，巴黎市市长打了两次电话，法官像个等待孩子出生的新手爸爸一样来回踱步。终于，就像来到了停战日一样，大家似乎可以松一口气了。

而让在流汗。

他原本盯住一处的眼睛现在朝门口和桌子间来回地看。好像出了什么岔子。

卡米尔笑容满面地去看让。

“来，宝贝儿，告诉我世界末日应该是今天还是明天呢？”

汗水从让的眼睫毛上滴下来，他紧张地擦掉，然后只说了一句：“我不明白……”

他看上去有些心烦意乱。但一直观察他的卡米尔还是吃不准他在想什么。似乎有困惑也有超然。

这颗炸弹没爆炸，并不意味着其他的也不爆炸，但至少这一颗带来的威胁算是解除了。大家都赞同这一点。

巴赞觉得这可能是一颗不能用了的炸弹。

警察们已经开始找下一颗。

又要开始审讯，又要开始新一轮的倒数，又剩下24个小时。

如果还有炸弹的话。

这到底是骗人的还是真的呢？这是个问题。

“这也是个陷阱。”卡米尔分析道，“我们在被一些本来爆炸概率就很小的炸弹牵着鼻子跑。”

卡米尔说得有道理。这很矛盾，但是让的威胁，因这不确定性而变得更有威力。

警察们会犹豫，是否该被这几乎不可能找得到的炸弹牵着鼻子跑，还是直接什么都不做，但又会非常焦虑：但凡其中一个爆炸了，就会导致几十人死亡，而他们什么都没做。

警察们分成两派。

一派觉得让·加尼耶根本只放了一颗炸弹来让自己的假话变

得可信，但其实根本不用担心。

另一派则毫无头绪，有所疑虑，想法一直变，想获得一些线索却无从下手。

在这两派之间，或者说，之外，是卡米尔和路易。

18:00

门卫马塞尔打开了杜贝鲁公园的栅栏。开门前他一般会先看看表。他很享受迟到那么一两分钟开门，算是对他这卑微的公职身份的一点小报复。栅栏门坏了，尽管马塞尔填好了所有该填的表格，维修队还是不来。所以，晚上关门的时候，他只用一块小纸板做门楔子，把门卡住。目前还没有人发现这一点。当然如果能修更好，因为如果那些卖毒品的人发现了，晚上闯进公园的话，周围的居民肯定会抗议，政府肯定会有所动作，很可能遭殃的就是他。

马塞尔第一轮巡逻的时候，公园里的椅子已经有很多人了。

他朝灌木丛瞄了一眼，几个星期以来，他总看到有人偷偷进去，以至于有了个洞，他去看过，没有注射器，什么都没有，他最怕有小孩在这附近用那东西。那儿只有一个井盖，下面是电路室。以前，他会每两三个月下去检查一下，之后的11年里什么事都没有，他就不再管了，况且他还有关节病，背也痛，要弯着腰在里面走，还是算了吧。不管怎样，每年都有政府派的工人进去三四次，如果下面有什么的话，他们会发现的。

马塞尔突然回头。他背上“长了眼睛”，他经常对那些不在乎他的小鬼这样说。如果有人跑到禁止踩踏的草坪上去，他不一定看得到，但他一定感觉得到。这次是个小女孩。马塞尔以迅雷不及掩耳之势掏出了哨子，小女孩停住了，定在了原地。

10:15

卡米尔甚至根本没有注意到，他已经脱离了大队伍。

让·加尼耶重新回到审讯室，卡米尔并不期待这会有什么帮助。

他告诉路易：“让的案子首先是罗茜的案子。”

路易想了半秒钟，表示同意。

凌晨，他们就开始梳理让的事情，审讯报告、时间等，但他们在罗茜身上花的时间更多，罗茜才是案情的关键。不仅因为她是让的作案动机（这么复杂的事情，她做不来的），也是因为卡米尔没法把罗茜简单看作杀害卡罗勒的凶手。罗茜看上去完全像是一个冲动杀人犯，做事不过脑子的那种。那晚，她取了自己的车，带着狂怒，她的怒气应该在她观察情况的时候变得更盛了，当罗茜看到卡罗勒骑着小摩托的时候，怒气上头，就撞了卡罗勒然后逃跑，甚至没有想过要把车停到别处去，而是停在了自己的车库！

这就是官方的说法。

整个卷宗都散发出一股漫不经心的味道。法官有很多别的案子要审理，警察们满足于罗茜的归案，所有人都止步于这个解释前，而且这也是罗茜律师的防线，德普勒梦律师是个迷人的女孩，一出现就让人融化的那种；她有轻微的外国口音，像是德国人或者荷兰人。卡米尔看了看她的手，瞥见一枚婚戒，应该是嫁给了一个法国人。那是一张完美的瓜子脸，高高的颧骨，一双绝美的绿色眼眸……当她面向你时，你就会飘得找不着北了。卡米尔是昨晚叫她过来的。即便现在是凌晨3点，她仍美如星辰。谈话很快就结束了，她没什么好说的。她赞同罗茜是冲动作案，她会为她做无罪辩护。这毫无疑问，但是还缺点什么。

“好吧，谢谢您了。”卡米尔道，他甚至没有提出任何疑问。

“她什么都不知道。”路易评论道，“如果我们想知道更多，肯定会惹毛她，她就会搬出职业机密之类的说辞来。只能是浪费时间。”

路易上网搜索，打印了几十页资料让卡米尔看。

租房经历：罗茜总是准时付房租，她有住房保险，离开房子的时候也打扫得很干净。

银行流水：罗茜挣得不多，存得很少，但是她还是在存钱。

医疗保险记录：罗茜身体健康，几乎没有请过病假，也没有服用任何药物。

行政文件：她一直在申请廉租房，但是一直没有申请到，但是她没有放弃，又在重新申请。

政府档案：罗茜从没申请过社会补助，对一个如此辛苦的家庭来说，这种骄傲没有任何用处。

工作档案：从她在行政部门工作之后，从没有任何升职，可以说到退休前都会一直在基层工作，从没有参加过内部职称评定，也没有申请过任何调职，是一个完全只求稳定、没有野心的人……

11:00

罗茜像个犯了错的小孩，低着头噘着嘴，她看起来就像只是在商场偷了一件T恤，而不是让她儿子在巴黎埋了6颗炸弹。

“来，罗茜，跟我聊聊，这个‘生父不详’的生父，似乎让你的儿子很难过啊。”

罗茜用呆滞无神的眼光看着卡米尔，张了张嘴。

“别！”卡米尔打断她，“别用你那套来唬我！这个应付让可能是够了，但是你现在是在警察局，罗茜！警察想要的是真相！好吗？”

卡米尔手肘下面压着一张单子，上面列着在罗茜房间衣柜纸箱里的东西：20世纪80年代的流行音乐文化杂志，《领奖台》《OK！精彩》，合唱组合彼得和丝露安的45转唱片《什么都不用，我只要想要你》以及欧洲歌唱大赛冠军玛丽·米西亚姆的唱片，还有迷死人的歌手乔·达辛的照片。乔·达辛题字给罗茜的亲笔签名照被贴在一个纸箱上，周围贴满了小的爱心。

“你不说，”卡米尔道，“那我帮你说，15岁时你怀孕了……”

然后罗茜犯了一个错，一个绝不应该对像卡米尔这种审讯人犯的错。

“他和我父亲水火不容，”罗茜一边说，一边露出受伤女人的表情，“我父亲反对我们结婚。而让的父亲坚持要和我结婚，他是真的想结婚。他甚至说让我和他一起私奔，但是我不可能离开我父亲。自从我母亲去世之后，他就是一个人……”

卡米尔笑着叹了一口气：“停止你的表演，罗茜，你在浪费时间。”卡米尔冷静地双手抱胸，头微微侧向一边。

“这是你说给让听的故事。有一个漂亮的悲剧该有的所有元素：严厉的父亲、过世的母亲、爱你的未婚夫，还有一个核心——一个私生子。让我来说真实的版本：和你睡的那个人，恐怕你都不知道他叫什么名字吧。”

罗茜的脸倏地红了。

“来，我敢打赌，你一直告诉让的是，他可怜的爸爸去了澳大利亚，对吧？”

12:30

他的名字叫勒内·勒内。他有对混账父母。他的爸爸是海关官员，勒内总说这也是他混账的原因。如今，他已经快60岁了，这么大的年纪了，他仍然暴躁，爱记仇，有时会像那些酒鬼一样，一个人喃喃自语。

当他的同事叫“勒内，勒内，快过来！”，他就会低声喃喃道：“没事，没事，又不是着火了。”

他缓缓从铁梯子上面爬下来。他上周拿到了公司给的鞋子，这是法律规定好的。勒内仔细记下了鞋子应该到的时间。如果晚了哪怕一天，他也会去闹。他也记下了工装应该到的时间。他说他可不是好欺负的。然而到了的鞋子穿起来很不合脚，似乎小了半码。或者他的脚变大了。他无法接受。他想尽了各种办法，包括花一整晚在鞋子里塞湿报纸，穿着它们看电视不走动，但都没什么用，还把他的脚给弄疼了。

在梯子上每走一步都是一种折磨，而他得这样上上下下一整天。他只希望退休那天早点到来。

但不知道他能不能活到退休的那天。因为勒内·勒内到下面电路室的时候，就和一脸惊恐的同事面面相觑。绑在140毫米炸弹上的电子闹钟上的蓝色数字，一秒一秒地跳动着。

14:08

大家立刻明白了让的计划。这颗炸弹埋在米勒胡思街144号。白天的时候这条路会有人经过，但是由于这不是主干道，如果放一颗140毫米的炸弹，也就可能死3个人，对一颗炸弹来说收益太小。

可是到了晚上，比如8点的时候，大概每一平方米就有七八个人。因为144号是个有多间放映厅的电影院，而铁板盖住的地下电路室上面就是人们排队的区域；如果再算上附带伤害（那些巨大的玻璃窗将会爆炸，以一个惊人的速度向方圆15米射出几百万个玻璃和铝窗框的碎片），这样可以造成十几人死亡，至于受伤人数，不夸张地说，可能会达到六十几人。

巴赞到了现场之后，立刻明白过来，炸弹肯定是设置为晚上爆炸。他看了看表，还早，无须紧张，于是制定了计划，把这片区域围了起来，疏散了周围100来平方米的行人。和平时的巴黎一样，交通以一种不可思议的速度堵塞了起来。

政府人员开始像艺术家一样工作起来。

一切都进行得很顺利：疏散，包围，对群众进行安抚，让媒体保持距离，警局编了个没有想象力的谎（煤气泄漏），大家都信了。

荣耀自然是属于巴赞等扫雷专家的。他的想法是对的。炸弹被设置在3天后的晚上8点15分爆炸。按照顺序，这应该是第5号炸弹。

“无论怎样，它不会爆炸的，”巴赞在电话里向卡米尔解释，“引爆器没有足够的引爆介质了，而且导火线也坏了。”

这是好消息。

还有个坏消息：早上9点半那个本该在幼儿园爆炸的炸弹不翼而飞。大家都松了口气，觉得7颗炸弹的话完全是骗人的。

现在事实证明这完全是真话。

第一颗在约瑟夫·梅兰街爆炸，第二颗没有爆，现在第五颗找到了，还剩下四颗。

下一颗炸弹将在24小时内爆炸。

18:00

卡米尔去睡了一个小时。食堂的一些区域摆了行军床，疲惫的警员们可以在这儿躺一会儿再回办公室，他们的眼里都充满了睡意，因为这场不休止的熬夜，很多人都有了黑眼圈。卡米尔一躺下来就立刻睡着了，但并没有完全放松下来。他的脑子里还有一堆关于让母子的文档信息、审讯档案等飘动着，姓名、图片、炸弹，甚至倒在约瑟夫·梅兰街上的奇怪小男孩——他有些呆滞的面孔和空掉的单簧管盒。

再回到办公室的时候，他拍了拍路易的肩，两人换了位子。

该路易去躺一会儿了。

在上司卡米尔·范霍文睡觉的时候，路易把时间线索在表格里排成了两列：左边是让，右边是罗茜。他们试图找出一些关联，但他们自己也不清楚是哪种关联。卡米尔粗略地浏览，然后翻到第二页；路易和往常一样，工作细致又彻底，不漏掉任何信息，看起来工作漫不经心，但完成的速度惊人。

第三页。第四页。第五页。

卡米尔停下来，翻回上一页，用手指着一排：5年前的5月，罗茜生病了。

左边的时间线表示，当时让正在法国南部的比利牛斯-大西洋省。

卡米尔一下子完全清醒了。

他起身走到书架前，想在路易的档案堆里找一份档案，但是没找到。

“你在找什么？”

卡米尔回头，看到路易。他没睡，又回来工作了。

没有丝毫犹豫，路易就从文件堆中找到了阿尔贝托·费雷拉的档案。5年前让曾为他工作，但这个人那一年过世了。两人看了看具体过世日期，是5月24日。路易又在网上查了一下，那是个星期二。

卡米尔又看了一遍罗茜的同事兼好友玛丽·克里斯汀·阿穆卢什的证词。

“……她常常抱怨她的儿子……他们什么都吵……当让说要和卡罗勒一起走的时候，罗茜高兴得不成样子，好像是她自己被求婚了一样。”

找到了：

笔录片段

玛丽·克里斯汀·阿穆卢什：他们总是这样。让一走，罗茜就活过来了，让又回来，然后一切照旧，两个人又吵。没完没了。

警察：让·加尼耶经常离开他母亲家吗？

玛丽·克里斯汀·阿穆卢什：不到经常的程度。三四次吧。我记得四五年前，有个人去南方定居，还招他一块儿过去给他工作。因为这小伙子工作确实不错。如果他真的工作的话……罗茜特别高兴，马上决定要去度假。她头一次感到这么欣慰。当晚她跟我说，第二天就要去度假！她从没有出去度过假……然后她去了她布列塔尼的姨母家一个星期。

警察：让·加尼耶什么时候回来的呢?

玛丽·克里斯汀·阿穆卢什：马上就回来了！这次是他不走运，他老板在工地上自杀了。所以去南部工作的计划当然就泡汤了。

……

剩下的部分就不重要了。

卡米尔和路易相互对看了一眼。

如果事实可以符合他们的猜想的话，这就是他们的第一个线索了。

得马上行动起来，因为这会很花时间，但这已经是这两天狂风暴雨中的第一缕阳光了。

20:00

对比线索，确认信息，调查询问，测试……卡米尔都独自做了，并没有想寻求帮助。路易并不赞同这样做，他觉得时间宝贵，这样做太耗时间了，但卡米尔说：“既然我不确定，就不要往外说了……我不介意别人说我是个麻烦精，但是我介意别人觉得我是个傻子。”

单向玻璃后面挤满了人。有一位法官、警察局的一个高官，还有刚从内政部部长那儿回来的那个“别人”。

审讯室里，让面前是卡米尔和路易。卡米尔两手空空，路易手上则拿着一个看起来并不重要的只有几页纸的文件。

“我不知道你怎么想的，让。但我总觉得我们好像已经认识很久了！尽管你才跟我们待了24小时，但这24小时里发生了好多事情……”

被取下手铐的让，慢慢揉着自己已经磨破皮的手腕。他已经坐了几十个小时了，肯定很想站一会儿，但他并没有表现出来有这样的想法，只是毫无情绪地看着面前的桌子。他双眼通红，面如死灰，胡子在光线下有些发蓝。或许该爆炸的炸弹没有爆炸，对他有所打击。

“我们已经很熟了，不是吗？”卡米尔继续道，“但是，有时我们自以为已经很了解某个人，其实完全不是这么回事儿！随便打个比方，就比如你妈妈吧。”

让惊了一下。从他进警察局以来，警察问了他很多关于他的问题，他做了什么，去了哪儿，他好坏都算应付自如，但一旦涉及他母亲，他开始露出担忧的神色。

“我们一直很相信罗茜，然而……”

卡米尔迅速地看了看周围，仿佛在确认没有别人听得到，然后他刻意弓着身子靠近让，仿佛要说个秘密。

“我觉得，这不是罗茜第一次做傻事……嘘……”

看着让的表情，卡米尔立刻明白他的直觉是对的。

卡米尔打开路易刚刚送来的档案。

“阿尔贝托·费雷拉。你不记得了吗？你当然记得，几年前他雇你去做电工。想起来了吧？你俩似乎相处得很融洽。他在1月雇了你，4月就给你发了奖金。不是很多，但对员工来说，心意更重要。这表示他对你的工作很满意。据我所知，在工作上，你应该算是很细心的那种男生。努力，甚至可以说是一丝不苟。显然，你指望着你选的炮弹都还能用，从策划上来说，你也是无可指摘的。我们刚刚说到哪儿了？哦，对了！阿尔贝托·费雷拉。唉，我的小让让，这个阿尔贝托可以说是非常不走运了。还不到40岁就过世了。这就是命啊，你说是吧？多可惜他还有那么美好的计划：去西南部定居，享受阳光和大海！他在比亚里茨镇附近买了个空调安装公司，他打算9月走，他对你的工作那么满意，所以要带你一起去！去比亚里茨镇！跟我说说，你觉得比亚里茨镇怎么样？街道干净吗？好找房子吗？我这样问是因为，”他指了指档案的一处，“这里说你被提前派去了解情况。你当时应该很高兴，因为你很快就收拾好了行李。罗茜当然很好，但有时她也让你窒息，不是吗？”

让吞了吞口水。他的视线不由自主地想找个地方放。

“然后你开始就地工作，等待着一个月后，老板打包好一切过来。然而就在要离开巴黎前一个星期的一天晚上，在阿尔贝托·费雷拉巴黎郊区的最后一个工地上，他一脚踩空，从7楼上摔了下去，头先着地，就此告别了比亚里茨镇和空调机。然后你这个骄傲的儿子就立刻垂头丧气地回到了妈妈家。到此为止，我说得都对吧，让？其实，这个故事蛮打动我的。真的，真的，我发誓，善解人意的老板，勤奋肯干的员工，这是什么童话故事？我开始对此感兴趣，调查的时候就发现，有些有意思的巧合。比如，阿尔贝托·费雷拉发生意外的时候，罗茜正在放假。好吧，我承认，两者关联并不直接，但等下你就明白了：你去比亚里茨镇的第二天，罗茜就请假了。她跟她最好的朋友说她去她布列塔尼的姨母家，但罗茜没有什么姨母在布列塔尼，她根本就没有姨母。显然是因为事出紧急，她没时间等上司批条子调休就直接打电话说是生病了。但由于她并没有去看医生，当然也没有看病证明。她直接消失了四天，仿佛完全不在乎后果。四天后，她回来了，直接收到一个警告处分，然后被扣了四天工资。而第三天就是阿尔贝托·费雷拉死亡的时间……然后她回到巴黎，洗了个澡……你看起来不是很相信我说的话，看着……”

卡米尔在档案里翻找了一会儿，然后拉出一张纸，递给让，让他读，而让似乎还没准备好，他低着头，像个不肯向前的倔强动物。

“这是阿尔贝托·费雷拉案子的笔录。当时大家都不懂到底发生了什么。那是晚上9点！工地上早没人了，只有阿尔贝托·费雷拉还在铺电缆，为之后铺水泥砂浆做准备。他非常努力，显然是因为他受够了，想快点结束一切工作，然后去比亚里茨镇。阿尔贝托经验丰富，不是那种会踩一块石板悬空的部分，然后在木护栏上晃荡的人。但他这样头着地地从30多米高的地方摔了下去，这让人完全无法理解。报告上就是这么写的。疑点非常多。但是现场没有其他人，死者身上也没有别的痕迹，没有仇家，没有巨额遗产要分……我们警察又能做些什么呢？我们只能把这归为一场意外。因为工作过度，意识不清，这很常见。当警察查看阿尔贝托手机时，发现罗茜给他打了四次电话。当时调查员并没觉得这有什么不妥，他们询问了你母亲，她说她是想知道你的近况，而阿尔贝托一直不接电话，她就多打了几次。她本想知道阿尔贝托在哪儿，好约个时间见个面什么的，她也没有别的办法。

她是最后一个打给阿尔贝托的人，挺有意思的，不是吗？”

卡米尔突然停了下来。

“我的小让让，你看起来还是不相信我说的话啊。我知道，这听起来毛骨悚然，但……”卡米尔拍了拍手，仿佛突然解决了什么了不起的大问题，“说到头发……你肯定要说，那个女的又是个巧合。”

让继续盯着桌子，又开始面无表情。卡米尔看起来一点也不担心，让倔强的样子令他想到罗茜。亲人之间的相似之处往往令人难过。

“对不起，我不应该说‘那个女的’。她是弗朗索瓦·布弗雷。你什么时候认识她的？”卡米尔看了看档案，路易指了指其中一行，“嗯，谢谢，路易。是4年前的一个3月。”

卡米尔取下眼镜，仔细地放在面前。

“我不是想指责你什么，但我觉得你确实惹怒了罗茜。因为虽然你的小甜心弗朗索瓦还不至于到做你妈妈的年纪，但她也有38岁了！比你大13岁！这甚至不是年龄的问题，我无意冒犯，但是我看过她的照片，那些廉价的饰品和夸张的妆容……说实话，这绝不是你妈妈所期待的宝贝儿子女朋友的样子。但无论怎样，你喜欢她，非常喜欢，你需要一点感情经验，这很正常。3个月后，为了有更多经验，你直接打包住进她家。这段同居生活维持了两个月。我们在你母亲的预审档案里找到了这段信息，我们进行了一些比对，翻看了笔录，细节我就不说了。但我得说，你确实不太走运。你和她曾经无忧无虑地经营着一段完美的爱情，她教会你许多你从不知道的事情，但最后，她做什么不好，偏偏在洗澡的时候吹头发。她38岁了，连这点常识都没有吗？还有个令人疑惑的细节：她房子的门没有关好。当然，警察怀疑这是不是有什么隐情。你？你没有任何动机，而且你有不在场证明。你当时不在房子里，有8个同事恨不得把手按在《圣经》上发誓：你当时真的和他们一起在法国西部普瓦捷镇的工地上。没有人想到罗茜。当时她完全不在怀疑范围之内。而他们错了，如果你知道我在说什么的话……我知道你知道。我们会重新一点点梳理这一切，重新审理案子，但是最重要的是，我的小让让，对你来说，你又回到家了。阿尔贝托、弗朗索瓦、卡罗勒……我觉得罗茜是不是有点过分依赖你了，你觉得呢？”

气氛开始变得压抑。卡米尔故意沉默了一会儿。在单面镜后面的几个人终于明白了卡米尔的意图。几个人都在心里默默祝他好运。

“你母亲因为杀了卡罗勒而被抓。冲动杀人，仅此而已。因为罗茜并不像个连环杀人犯，所以我们还是觉得这是冲动杀人。但是如果从另一个角度来看，如果我们从她的杀人动机着手，问一些对的问题，看看她之前做的一些事情，真相并没那么难被发现。有点像那些炸弹……只需要想想就知道了。”

卡米尔露出一个像老师般语重心长的微笑。

“你走了，她慌了，她想把你抓回来，她不能没有你。你尝试着离开她，但你也不能没有她。你完全知道她为了挽留你做了什么，你了解她，但是你们从不聊这个，你们知道你们之间的联结，你们之间的依存，你们之间的默契。一开始，你不敢说什么。后来，事情越来越失控，令罗茜走到了如今的地步。而你，来救你妈妈来了……”

卡米尔沉默了，两个人都看着地板。说什么好呢？卡米尔疲惫地任身体从椅子上滑下去。卡米尔注意到让的双手抖得像落叶，仿佛在他母亲面前一样。

“你是个好儿子。或许罗茜也令你感到害怕。这种毒妇常常是这样的。”

一片沉默。

“但是现在你再不说就来不及了。你已经造成了很多破坏，但到目前为止还没有什么是不可挽回的，现在还没有造成任何已知人员死亡。到了判决的那一天，一个好的律师可以以过度的母爱为你辩护，你将被看成一个受害人，而且这也没什么错。如果你现在就放弃，就是一石二鸟。你既可以从罗茜手中解脱出来，这是当务之急，还可以避免与她共沉沦。你已经在这里待了24个小时，如果上面想同意你的要求，他们早就做了。他们是不会退让的。根据我们现在对罗茜情况的掌握，她很可能被判终身监禁。而你现在还有机会脱身。你去见法官，达成协议，告诉我们一切我们应该知道的，你就可以没事了。看着我，让。”

让连眼皮都没抬一下。

“看着我，让。”卡米尔的声音低沉而温柔。

让终于抬头看着他。

“罗茜是完全疯了，你知道的。我们不可能放了她，这一点你已经没得争取了。想想你自己吧。为了罗茜，你已经做了一切可以做的事情了，这很好，大家都可以理解，大家也都将理解。但现在，该结束了。”

让点了点头。卡米尔想了想，不知自己应该说个结语还是让让自己想一会儿。现在有点苗头了，似乎应该快点再加把火。

“让，你准备好跟我聊聊了吗？”

让点点头。他准备好了。

让紧张地眨了眨眼，仿佛眼里有光。

“说吧，”卡米尔说道，“这是个正确的决定。”

让又点了点头。卡米尔坐了下来，掏出他的原子笔，合上档案，打算在档案的空白页上做笔记。

“让，你想我们从哪儿开始呢？”

“从赎金开始吧。”

卡米尔愣住了。单面镜后面也发出了一些震惊的声音。

让·加尼耶没有给时间让他们冷静下来。

“对，从赎金开始。我本来打算再降到300万，但那是昨天的事了。今天是400万，不讲价。”

20:56

卡米尔完全被挫败了。他想不明白。他怎么能犯下这么多错，以致造成如今这样的溃败呢？他自己完全不敢相信。就算是在和法官及司法警察队队长开总结会议时，他仍是愣着的。

所有人聚集在大会议室里，但是内政部的那个“别人”已经迫不及待地到走廊里低声打起了电话，向上级报告着情况。

从这一刻起，这间房里的每个人都会记得事情的发生顺序。

记得最清楚的人是看了时间的人，因为当房间里的电话响起的时候，刚好是晚上9：07。

法官因为被打断而面有愠色。

路易走到电话前接听，挂了电话后，看着法官，法官则停下来，等他说电话的内容。

“刚刚奥尔良有个幼儿园被炸毁了。”

21:00

虽然马塞尔总是迟一两分钟才开公园的门，但是他也总想早一两分钟关门。但这从来没可能。要不然就是一对小情侣藏在角落里，得花时间让他们出去，而他们磨磨蹭蹭的，关门的时候就已经晚上9点过3分钟了。或者是带着啤酒的小年轻赖在里面不想走，得跟他们沟通，关门的时候就9点过5分钟了。但这还不是最糟糕的。不论他怎么做，就算是提前15分钟，甚至20分钟吹哨，都总有情况令他无法早关门，简直像是被诅咒了。

除了今晚。天知道为什么，这么久以来，这是记忆里第一次，还没到时间，里面就没人了。他又狐疑地检查了一遍。

这四下无人的场景令他震惊到有些不安。有什么他遗漏的事情吗？

马塞尔想不清楚，便又转了一圈，确实没有人了。

当他终于关上门，用木板卡住门的时候，是晚上9点过4分钟。

21:48

爆炸声如同传到了巴黎。消息都传开了，人们都议论纷纷。内阁跟进着情况，担心着媒体的报道会造成恐慌，警察们处理着情况。没有受害者，但学校完全被炸成灰了。幸好现在是晚上，早报媒体好歹有点时间做准备，而且必须做准备，因为没人知道到底发生了什么。

消防队伍已经到了现场，警察们已经确认这颗炮弹和约瑟夫·梅兰街上的那颗高度相似。

但在推理方面，警察们则是有些不知所措。

专家们猜测，让·加尼耶大概是把“早上9点”和“晚上9点”弄混了。

这猜测听起来难以置信。

卡米尔问巴赞：“这可能吗？”

“很有可能。毕竟他是业余的，我们还见过更蠢的错法。要不然怎么会有那么多炮弹爱好者把自己炸飞了？让很危险，如果他还傻的话，事情就更难以预料了。还有4颗炸弹没找到，如果他没有设置正确，就算是他愿意帮我们也未必有用了。”

两人周围人声鼎沸，各个房间的电话都在嘶叫，路易低头看着卡米尔。

他刚刚非常紧张，现在则放松了，沉思着，那样镇静，仿佛是经历过忙碌的一天准备回家的人。他站起身来，依旧保持着专注思考，镇静地走出办公室，穿过走廊，下了两层楼，右转，经过一个看管让所在审讯室的警察，打开了一旁监控室的门。

他像入场看表演的观众一样坐下来。

单面镜的另一头是反恐组的佩尔蒂埃和另外两个警察。让一整个人被捏住脖子，悬空按在墙上，他的头晃动着，眼睛几乎张不开，看起来仿佛随时就要一命呜呼。

“你打算炸死多少人？”佩尔蒂埃问，“就为了你妈那个贱人，你还要杀人到什么时候？”

“到你们放了她为止……”让回答。

卡米尔伸出手把声音关掉，想要专注于画面。幼儿园的炸弹爆炸时间设置错了这种事情，实在难以置信。而事实就在眼前，卡米尔试图从让的脸上找到一些遗漏的线索。卡米尔对罗茜的直觉判断是正确的，罗茜可能的确是冲动杀人，虽然她经常这么冲动。这点判断正确令卡米尔颇受鼓舞。

到目前为止发生的事件迫使警察们进行逻辑推理。

按照让的逻辑进行推理。

为了找到解决办法，应当跳脱常规思维。

但怎么做呢？

卡米尔打算坐着观察让一小时，盯着他的嘴看，一些警察会轮流进去给他施加精神压力。

卡米尔一直非常专注，除了中途有一分钟用于回复安娜的短信："你是隐身了，还是我们分手了你忘记告诉我？"

23:00

卡米尔把路易拉到一边来单独谈话。

“地下线路的检修一般是怎么安排的呢？”

“我得去确认一下，但我印象里好像是四个月安排一次。”

路易没有问他为什么要问这个问题。

“你能给我看看吗？”卡米尔指着电脑屏幕问。

Troisème jour

第三天

01:45

“不行。”法官面有愠色，仿佛感到被冒犯了。警察局分局局长也说了同样的话，但语气略有不同。他了解卡米尔这个人，没什么好生气的。巴黎警察局局长也说了“不行”，但是看起来似乎对卡米尔的提议丝毫不感到意外，只是仿佛被人问到“咖啡要不要加盐”一样觉得有些荒唐罢了。至于反恐组的人，问都不必问就知道答案了……

路易又撩起了他的刘海儿，和卡米尔一样，对这样的结果，他并不意外。那个“别人”表现得有些惊讶，假装听不懂的样子。

“如果我们不想造成任何伤亡的话，”卡米尔重复道，“就得放了让和罗茜。立刻，马上。”

“放了让·加尼耶？你在开玩笑吧？”

那个“别人”第一次朝路易露出了轻蔑的眼神，对手里面有个傻蛋总是一件欣慰事。

“还有别的想法吗？比如顺便给他发个荣誉奖章什么的？”

那个“别人”大笑起来，这种拙劣的幽默颇具侮辱的意味，而卡米尔这样的人绝对无法成为这样被侮辱的对象。

“你就是个白痴。”

那个“别人”用挑衅的眼神上下打量着卡米尔，卡米尔并没给他留时间回嘴。

“我说你是个白痴，因为你无法理解你无法感受的东西。你总是严肃对待让说的话，因为你觉得他很简单，但简单的人是你。你看他的时候只用眼睛，而不用脑子。你不懂他，而是把他简单地贴上标签。让·加尼耶是个危险的男孩，但这并不是因为他埋了炸弹。他甚至努力避免产生任何死亡，而只造成人员的受伤和物质的损失。但，即便他这样努力了，没有人能保证他埋下的所有炸弹都以这种温和的方式爆炸。其中有太多未知和无法估量的因素了。在约瑟夫·梅兰街，被炸散的脚手架就可以砸到行人身上，在奥尔良，炸弹也可以轻松夺取一个路过的遛狗人的生命……迟早会闹出人命的。但我们并不是完全无能为力。只要放了让和罗茜，就保证了没有死伤。如果继续留着他们，很可能迎来的就是一场大屠杀。你们看着办吧。”

那个“别人”虽然感到有些受伤，但他毕竟是专业的。

作为给部长工作的专业人士，就是要传达信息给上面。所以卡米尔的提议也被传上去了。然后有了回应，依然是“不行”。

卡米尔总结道：“他们不相信我说的。”

他需要20分钟来做决定。

和让·加尼耶讨论花20分钟。

花30秒告诉法官：“现在就看你们的了。一切再跟我无关了。如果你们不介意的话，我就回去了。我太累了。”

02:18

巴黎一片空旷，卡米尔把车开得很快，趁着等绿灯掏出他的手机。等下一个绿灯时，给安娜发了一条短信：“关于共度（剩下的）良宵的邀请还作数吗？”到了第三个绿灯的时候，他收到了回信：“大门从昨天开始就是敞开的……”一般来说，后面就再没有红绿灯了，但卡米尔还是停了下来，因为一则来自法官的短信：“速来首相府，我要给你派个开路的护卫吗？”

“亲爱的，对不起，总理要召见我……”

“你从没编过这么烂的借口！”

“但这是真的，我在路上了！”

“你要跟总理过夜吗？”

“一般来说是不用，除非他要求，那我肯定很难拒绝。对方毕竟是总理啊！”

“那你能帮我要间7区的廉租房吗？”

“没问题。但如果他要我跟他睡觉才答应，我怎么办？”

“如果他肯承诺一套富人区的房子，那你就跟他睡。不然你就回来睡我。”

“就这么说定了。”

02:38

总理看起来并不十分性感，并且从来没有性感过。可以说这也是当选总理的标准之一了。但这是个非常礼貌而绅士的男人；他站起来，热情地握住卡米尔的手，说道：“很高兴见到你，警长！”随后指给卡米尔一把椅子。在这个偌大的总理办公室，还有八九个人。卡米尔坐下来后，所有人才相继坐下去。总理指了指茶几上的录音磁带。

“警长，我听说了你的提议，但我想要你当面跟我聊聊这件事。”

“到目前为止，与表象完全不同的是，让·加尼耶实际上是在尽力避免造成有人死亡。约瑟夫·梅兰街上，他放炸弹的时候那里已经有个脚手架了，所以他把炸弹放在一个非常深的地方，以尽量减小炸弹的威力。在奥尔良，他只是假装弄错了。他故意挑了个尽量不会危及人性命的时间爆炸。我们找到5号炸弹也完全不是偶然：网上就可以查到地下线路检修时间安排，加尼耶特意选择了昨天一定会被检修的地下线路室，这样我们就能及时排雷而不造成任何损伤。从一开始，他的策略就是让我们相信他有多危险。眼下我们有3颗炸弹了。第一颗令我们震惊，第二颗令我们提心吊胆，第三颗把我们吓得半死……我们是和这家伙在钢丝上跳舞啊。他一共放了7颗，我们找到了3颗：约瑟夫·梅兰街、奥尔良幼儿园，还有电影院下面的地下线路室。一共还剩下4颗。已知它们将会在接下来的一周爆炸，我打赌让仍尽量在避免炸弹对任何人造成生命危险，但是很难说幸运女神是否会一直这样陪伴着我们。我们全靠着他的操作、他的材料和他没有经验的计算。他计划周全，很聪明，但毕竟是个业余的。但凡他犯下一个错误，就覆水难收，我们将付出惨痛的代价。”

卡米尔短暂地犹豫了一下，继续强调道：“总理先生，我说个你也许会感兴趣的事情——让·加尼耶并不是个杀人犯。”

一片沉默。

“但以我的推测，尽管他并没有这个想法，但他很快就会成为杀人犯。剩下的4颗炸弹中迟早会出现点什么问题。到时候势必会造成人员死亡。”

总理皱起嘴表示理解。

“到那个时候，”卡米尔继续道，“我们就只能怪我们自己了。如果他清楚地警告过我们的话。”

没有请示任何人，卡米尔就弯下身播放起了磁带。

播放器里传来让的声音：“不，不是这样的……”

卡米尔按下了快进键，然后再按下了播放键。

“你对一开始的炸弹的判断是正确的。我没打算要杀人。但除了最后一个……”

“说来听听……”

“如果要轮到最后一颗炸弹爆炸，那就意味着我之前的要挟都没有用，我的计划全部泡汤了。那我就没有什么好失去的了。所以，最后一颗炸弹，是真的会死人的。”

一片沉默。

“我发誓，是毁灭性的伤亡。你得相信我，警长。”

卡米尔暂停了磁带的播放。

“你觉得我们该怎么做？”一个穿西装的人问。卡米尔并不认识他。

“把他们母子放了，以换取剩下炸弹的信息。我相信他们逃不远……”

“放了他们？”反对声很明显，“不远？什么意思？”9个官员彼此交换了狐疑的眼神，他们并不清楚这个小个子警察脑子里在想什么，也不知道那样做的话事情将会怎样发展下去。卡米尔就等着这一刻来说出自己最后一个论点。“加尼耶的最后一颗炸弹将会造成巨大的伤亡。你们当中或许有人已经在想：如何向媒体和大众解释前两颗炸弹，以及最后一颗结束这场烟花爆炸的大炸弹又要怎么圆过来。如果还没有，可能就要费些脑子了，因为这必然将很难解释。”

“警长先生，”总理笑容诚恳，“你能让我们去讨论一会儿吗？”

卡米尔坐在一个比他公寓大三倍的客厅里。他重新打开手机，有安娜的短信：

怎么样？廉租房的事怎么样了？

还说不好。他正在洗澡，好让自己看起来帅一点……

你确定是在7区的房子吗?

他说这取决于我的表现。

希望你现在状态很好!

你知道现在几点了吗?

我现在跟你时间一样，但我现在状态非常非常非常好。

我会尽我所能……

“警长先生？”

卡米尔抬起头来。

“总理先生请你过去……”

04:00

“让，这是我能争取到的最佳条件了，你在起飞之前把炸弹地址发给我们。我们没办法等你到澳大利亚再发。没有谈判的余地。如果你不同意的话，我就没办法帮助你了，你得找别人谈去。”

让想了很久，说：“不，起飞3小时后我再发。”

“不可能的，让！我们已经同意你的要求了，你不能得寸进尺。”

20分钟的协商之后，让同意在起飞那一刻发送炸弹地址。

“如果我们没有在飞机起飞的时候收到炸弹地址，飞机就会绕回来，然后把你和你妈妈送回飞机场，你明白了吗？”

让竟然答应了。能计划出这样高超作案手段的让，竟然还是掉进了这样简单的陷阱。让只做了一个小小的、无谓的抗争：“谁能保证，如果我发了信息，飞机就不会掉头了呢？”

从一开始，卡米尔的声音就是沙哑着的，看上去像是因为太累了，但其实并非如此，而是因为沮丧。你可以想象一下，假设是你在与一个即将被终身监禁的人聊天，而你的任务是和他聊天的时候让他相信眼前还有个大好的将来，这样的你该是什么心情。

“没人在乎你在不在这里，”卡米尔耐心解释道，“如果你留下来，我们还得公开地抓你，审理你的案子，把你带到法庭上去。那么我们还得向民众解释我们关于前两颗炸弹撒下的谎，像个傻子一样，被你这样的货色威胁了200多万欧现金和两张去澳大利亚的机票。更好笑的是，你们的假身份证明还是法国政府自己制造的！”

不可思议的是，让信了。

在监控室的所有人都觉得让傻得没救了。业余犯罪人员总给专家们留下这种蠢笨如猪的印象。

接下来的一两个小时里，卡米尔还得假装和让讨论许多细节，这些细节没有其他作用，而只是要博取让的信任而已。

事实上，反恐组组长佩尔蒂埃跟卡米尔说过：“让给我们炸弹地址后，我们一确认，就马上逮捕他。”

这话简单得令人沮丧。

卡米尔想问佩尔蒂埃是否也把他当作白痴。因为显然他们不会这样做。显然反恐专家们并不受任何法律程序所约束。如果让令政府头疼，对谁都没好处。

比如，如果让在起飞后拖延一个小时再发信息，那么我们就得在外国机场逮捕他，那将会很困难。

专家们表示到时候上机的警察们一旦接到指令，就可以悄无声息地捉住让。他们已经做好了所有的准备工作。卡米尔猜测专家小组会潜伏在让和他母亲前后的位置，安插两三个在机组人员之中。如果让配合的话，他将会在飞机抵达目的地之前被绑起来。如果不配合的话，事情发展就没那么体面了。可能在几秒之间，让就会神不知鬼不觉地变成一具尸体。罗茜也是一样。然后，飞机会停下来，一辆车会停在飞机旁边。为了不吓到乘客们，机长会通知乘客这次暂停不是因为飞机有什么技术故障，而是一对夫妻身体不适。然后机组人员打开飞机舱门，运出两具尸体，然后飞机便继续起飞。乘客们将不会知道真相，但这也不重要，重要的是把让和罗茜的尸体送出去，放到早就准备好的担架上。

实在不行，如果让在发信息的时候犹豫了，我们还有另一个办法：飞机直接返程，警察会在空中走廊做好部署。

“到时候就知道了。”卡米尔想。

从一开始，就没有人在遵守任何规定。让不认为事情会以他能想到的方式结尾。

眼下，卡米尔要做的事情就是组织、计划、协商。由于危机团队由很多个部门组成，所以还是他负责收集上级的指令和同事们的建议。

让没有检查要带的两个行李箱，箱子里装着警察们去他家搜给他俩的衣服。

“你想确认一下吗？”卡米尔问。

让完全知道里面藏着追踪他的仪器。

“没必要。”他一边说一边敲了敲箱子的外壳。

钱对他来说似乎没那么重要了。最后成交的价格是200万。一大箱塞满小额纸币的行李箱，能令最麻木的人的精神也为之一振。

警察把让和罗茜的新护照给了让。他打开，点了点头。

他变成了皮埃尔·穆顿。罗茜则叫弗朗索瓦丝·勒梅西埃。

让完全不喜欢这些名字："穆顿，这姓也太奇怪了。"

卡米尔也觉得，给一个将死之人取名"绵羊[1]"，有些令人同情。

"只有这个，不要拉倒。"

让还是接受了。

然后他看向飞机票。

"我能确认一下机票信息吗？"

卡米尔带他到一台机器面前，本以为他会在键盘上飞快敲打，但他打得非常慢、非常小心。

确认了航班号和购票信息后，他似乎有些放松下来。

---

1 法语中穆顿（Mouton）一词是指绵羊，在这里有"温顺的老好人"的意思。

04:38

终于，罗茜到了。

她看上去精神饱满，红光满面，完全不再是之前那个罗茜了。

她一看到让，就冲进他的怀抱之中，而让仍像一块石头一样呆滞，双手在两侧摇晃着，眼神放空。显然是因为这次团聚，但罗茜并没有注意到这些。

当她从让的怀中出来时，让也几乎不看她。他们被单独留在一间房里，以便换好衣服准备出发。

监视器的画面显示，两人彼此相隔3米远，仿佛两人在不同的房间。让皱着眉，十分专注地换着衣服，而罗茜则不时投来欣赏的目光。

在警察们重新回到房间时，罗茜用看晚辈的目光看着警察们，仿佛他们还有很多要学的。

卡米尔递给让一部手机。

“你起飞前就用这部手机发信息，”卡米尔最后一次提醒道，“信息要具体，我们需要所有炸弹的具体地址。剩下的炸弹都在巴黎吗？”

“都在。”让点点头。

“好。手机上存的唯一号码是我的。在起飞之前，不管什么事，你都可以随时打给我。正如你所要求的，我是你唯一的联系人。”

“好的。”

“早上5点45分出发去悉尼的航班。还有什么问题吗？”

让摇摇头。

事实上，这很可怜。

尽管这个男人埋了很多炸弹，能危及上百条性命，却又像是从什么B级片里出来的二流卧底，他拙劣的模仿给人留下奇怪的印象。警察们做了该做的，但心里又难受，因为自从他降低要求后，一切都变得非常容易。

卡米尔则觉得仍可能发生一些意外。

在让和罗茜换装的时候，卡米尔甚至和路易打赌。

“什么意思？”路易问，“还可能发生什么事？”

卡米尔也不知道。他很肯定事情会有转折，但他也不知道会发生什么。

“我们可能忽略了什么……”

时值5月，这时候天已经开始亮了。借着敞开的窗户，卡米尔呼吸了一口还没有充斥汽车尾气的巴黎空气。

他看着楼下，这时让和罗茜拖着行李，并肩走了出来。

让拒绝乘坐预备好的车，一个警察急了，不停和他说着什么，但让没有受到影响，叫了一辆出租车。警察显得有些无助。

卡米尔闭上了眼睛，突然如遭当头一击。

停下来的出租车自然是警察们安排好的，但司机看起来很可信。

让没有等司机下车就打开了后备厢，把行李塞了进去，示意罗茜上车，然后出租车就开动了。

说走就走。

卡米尔迅速拿起外套，下楼坐上了1号汽车的后座。

05:00

车里回荡着跟随的警察们的声音。

“绵羊在11点方向，34号，该你了……”

“34号收到。绵羊在1点方向。”

载着让的出租车驰骋在巴黎的大道上，被一个由十几个人组成的小队悄悄跟踪着，他们中有人开摩托车、小卡车、小汽车等。

这支小队像个幽灵丧葬队伍。

出租车里的麦克风只收到乘客一片的沉默。卡米尔想象着罗茜蜷缩在让身边，紧紧牵着让的手，而让则一脸漠然地看着窗外不断流逝的巴黎风景……

卡米尔看着GPS的屏幕，观察着出租车的轨迹，而此时让的声音传来：“右转。”

司机假装听不懂。作为专业的警察，他试图在争取更多的时间，所以让叫他右转的时候他错过了路口。

“那不是去机场的路，先生……”

“没事。”卡米尔道，“下个路口右转。”

他的声音坚定而冷静。司机于是打了向右的方向灯，然后钻进一条岔路。

“我是34号，绵羊朝西边去了……”

“收到……”

警察们的声音并不慌张，但确实有问题了。

卡米尔感觉到来自脊椎的微微颤动，有事要发生了。

快了。

不是马上就发生，但是快了。

显然，这不是去飞机场的路。

让是否在准备着最后一击？也不是没可能。

“绵羊在1点钟方向。”

“绵羊在安茹路。”

“绵羊，不论你去哪里，”卡米尔心里默默想，“我们都很快会知道专家组的想法是不是对的了。”

05:15

在让的指挥下，出租车又一次右转，朝着与戴高乐机场截然相反的方向，即巴黎南部驶去。

对讲机里的声音高了起来："这个傻子要干吗？"卡米尔的手机每隔20秒就响一次，卡米尔不停挂断。见了鬼了。

卡米尔也紧张起来。

"他是在耍我们吗？"

其他警察通过司机问卡米尔的指令。

"先跟着，到时候我们就知道他在耍什么把戏了。"

出租车不停转向。窃听设备里又传来让的指令："红绿灯后右转……第一个路口左转。"

司机假装抱怨道："这到底是要去哪儿啊？您要错过您的飞机了，先生……"

这是在暗暗问卡米尔的指令。卡米尔甚至没有试图假装自己掌控了局势，飞机飞了就飞了吧，他们能怎么办呢？

让显然知道他要去哪儿，这是最令人担心的。

他知道，但是警察们不知道。

终于，出租车停在了杜贝鲁公园的栅栏前，这是一个方方正正的公园，周围全是奥斯曼建筑。三条小径两侧都是路灯，发出黄的、绿的柔光。卡米尔的车飞快地超过了出租车，右转之后立刻停了下来。警察们等待着指令。所有部门都已就绪。时机不太好。

监听设备又传来让的声音："麻烦您在这里等着我们。"让对司机说。

一个警察的摄像机拍到罗茜和让下了出租车。在主屏幕上，我们能看到他俩的影子在花园栅栏前移动。从事先藏在罗茜外套的麦克风里，警察们听到罗茜担忧的声音："我们来这儿做什么，让？"

警察们听不清是否让有回应。

让拉开了栅栏门，门没有发出声响。马塞尔塞的那块纸板掉在了地上。让这次并没有像往常一样拾起那块纸板。

卡米尔立即下了车，狂奔了起来。

几秒的工夫，卡米尔就来到了栅栏门前，大声喊着："所有警察不要轻举妄动。骰子已经掷下了，我们不知道还有多少颗炸弹会爆炸，在什么时间，在什么地方。"

沐浴在影影绰绰的金色晨光之中，罗茜和让的身影此时已经没在花园的黑影中了。就在卡米尔进入花园的时候，罗茜和让来到了儿童游乐区。让叫罗茜在原地等着，自己走了几步，然后消失了。

时间一秒一秒像定时炸弹上的数字一样弹跳，缓慢地脱落，卡米尔还在踌躇是否要跟上去，但已经没时间了，让已经回来了。他从灌木丛中出来，手里拿着个手机，转向了卡米尔。

这奇怪的一幕定格了下来。

在广场花园上的昏暗灯光之下，罗茜手里拿着老式的包，身旁是她的儿子让，手里拿着手机，眼睛看着卡米尔。卡米尔站在那里，想着接下来会发生什么。

让拿起手机，手机里的音乐声一响起，让就放大了音量。

卡米尔仔细听着，看到让伸手邀请罗茜跳舞，两个人拥抱着对方。

他们跳了起来。她看他如同看一个爱人，而他则眼神空洞呆滞，不知在看哪里，但他紧紧抱着罗茜……转了两三个圈之后，让一边慢慢地跳着华尔兹，一边将手伸进外套口袋里。

现在，卡米尔认出了这首音乐，这是吉贝尔·贝科的《罗茜和约翰》[1]：

没有人比我们更相爱

约翰和罗茜，在一起总是很愉快

但是生活啊，日子啊，这就是命啊……

让转过身来，对着卡米尔。

让身前是罗茜矮矮的头，像个孩子的头一样小而柔弱，让定定地看着卡米尔的方向，卡米尔发现自己的手机响了。

他立刻把手机掏了出来。

那是来自让的短信：没有其他炸弹了。谢谢你所做的一切。

1《罗茜和约翰》是由莫里斯·维达蓝作词、吉贝尔·贝科作曲的歌曲。

卡米尔抬起头看着两人。他突然想到巴赞的话："其实所有能造成脉冲的东西都是可以用来启动炸弹的，比如一个门铃、一部手机……"

就在卡米尔扑倒在地的那一秒，让和罗茜所在位置地下的炸弹爆炸了。

一股强劲的冲击力击中卡米尔的肚子，将他抛向远处。他在地上滚了几圈。

爆炸声震耳欲聋，令人眼冒金星。周围建筑的玻璃窗裂成碎片飞开来，儿童游乐区如同蒸发，只剩下一个直径约3米、深1米的大坑。

路易朝卡米尔飞奔过来。

卡米尔一侧脸贴在地上，一动不动地趴着，两只眼睛睁得老大。他带血的面容上带有孩子般的迷惘。

离他们几米之外的地方，一些树木燃烧了起来。